OTROS LIBROS DE JEFF KINNEY:

DIARIO
de
Greg

UN RENACUAJO

Jeff Kinney

MOLINO

LECTORUM

DIARIO DE GREG, UN RENACUAJO

Originally published in English under the title DIARY OF A WIMPY KID

This edition published by agreement with Amulet Books, a division of Harry N. Abrams, Inc.

DIARY OF A WIMPY KID®, WIMPY KID™ and the Greg Heffley cover design™ are trademarks of Wimpy Kid, Inc. All rights reserved.

Text and illustrations copyright © 2007 by Jeff Kinney
Book design by Jeff Kinney
Cover design by Chad W. Beckerman and Jeff Kinney
Translation copyright © 2008 by Esteban Morán

Spanish edition copyright © 2008 by RBA Libros, S.A.

Lectorum ISBN: 978-1-933032-52-8
Printed in Spain

20 19 18 17 16 15 14 13 12

Legal deposit: B-14184-2017

A MAMÁ, PAPÁ, RE, SCOTT Y PATRICK

SEPTIEMBRE

Martes

En primer lugar, quiero dejar una cosa bien clara: éste no es el típico diario. Sencillamente, he decidido empezar a escribir mis memorias. Ya sé lo que dice en la tapa. Mira que cuando mamá lo fue a comprar le pedí DE MANERA ESPECÍFICA que no tuviera el rotulito de «diario».

Genial. Justo lo que me hace falta es que cualquier idiota que me vea llevándolo se piense lo que no es.

Otra cosa que quiero aclarar de una vez por todas es que FUE IDEA DE MI MADRE, no mía.

Está loca si cree que voy a escribir aquí mis «sentimientos» y tonterías por el estilo. Así que no piensen que voy a estar todo el tiempo: «Mi querido diario por aquí» y «Mi querido diario por allá».

El único motivo por el que me presto a escribir aquí es porque el día de mañana, cuando sea rico y famoso, tendré que hacer cosas más importantes que pasarme el día contestando a preguntas estúpidas. Así que este libro podría resultar útil.

Como ya he dicho, algún día seré famoso, pero por el momento tengo que aguantar aquí, en el colegio, en compañía de un montón de idiotas.

Quiero dejar constancia de una cosa: opino que la escuela intermedia es la cosa más estúpida que jamás se haya inventado. Tienes chicos como yo, que todavía no hemos pegado el estirón, mezclados con todos estos gorilas que ya se afeitan dos veces al día.

Y todavía se preguntan por qué el acoso es un problema en los colegios.

Si por mí fuera, los cursos se separarían por el peso, no por la edad. Claro que entonces los chavalitos como Chirag Gupta difícilmente pasarían de primaria.

Hoy es el primer día de clase. Estamos esperando a que el maestro llegue, saque un plano de la clase y señale el sitio de cada uno. Así que he pensado que podría escribir un poco en el libro, por pasar el rato.

Por cierto, voy a darles un buen consejo. El primer día hay que mirar muy bien dónde te sientas. Porque si entras en la clase y pones tus cosas en el primer pupitre desvencijado que te encuentras, puede ocurrir que lo siguiente que diga el maestro sea:

En esta clase, he quedado atrapado detrás de Chris Hosey y delante de Lionel James.

Jason Brill ha llegado después y casi se sienta a mi derecha, pero por suerte he podido impedirlo en el último momento.

En la siguiente clase, podía haberme sentado con un grupo de chicas guapas nada más entrar. Claro que si lo hubiera hecho, demostraría no haber aprendido nada el año pasado.

La verdad es que no sé qué es lo que está pasando con las chicas. En primaria, todo era más sencillo. Si eras el que corría más rápido de la clase, las tenías locas a todas.

Recuerdo que, en quinto de primaria, el más rápido era Ronnie McCoy.

En cambio, ahora la cosa se ha vuelto mucho más complicada. Tiene que ver con cómo vas vestido, o si eres muy rico, o si les gusta tu trasero, o vete tú a saber. Y los chicos como Ronnie McCoy se rascan la cabeza, extrañados, preguntándose qué rayos ha sucedido.

El chico más popular del curso es Bryce Anderson. Y no lo acabo de entender, porque yo SIEMPRE me he juntado con las chicas, mientras que los chicos como Bryce sólo se han interesado por ellas hace apenas un par de años.

Todavía recuerdo cómo se portaba Bryce con ellas en la escuela primaria.

Claro que no he tenido ninguna recompensa a cambio de aguantar a las chicas durante tanto tiempo.

Como ya he dicho, Bryce es el más popular de nuestro curso, de modo que los demás competimos por los puestos que siguen.

Calculo que, en el mejor de los casos, este año me encuentro en el puesto 52 o 53 de la escala de popularidad. La buena noticia es que voy a ascender un lugar, porque a Charlie Davies, que está por encima de mí, le van a poner unos aparatos en los dientes la semana que viene.

Intento explicarle todo esto de la popularidad a mi amigo Rowley (que debe andar por el puesto 150, o así) pero tengo la sensación de que lo que le digo le entra por un oído y le sale por el otro.

Miércoles

Hoy teníamos educación física y lo primero que he hecho ha sido ir a la cancha de baloncesto, para comprobar si la rebanada de queso seguía allí. Y en efecto, allí seguía.

Esa rebanada de queso lleva sobre la pista desde la primavera pasada. Debió de caerse del sándwich de alguien, supongo. El caso es que apenas dos días después empezó a ponerse mohoso y repugnante. Desde entonces, nadie ha querido jugar al baloncesto en la cancha del queso, y eso que es la única que tiene redes en los aros.

Un día, Darren Walsh tocó el queso con el dedo y entonces fue cuando empezó lo que llamamos la Maldición del Queso. Es como cuando juegas a tula (tú-la-llevas). Si tienes la Maldición del Queso, estás perdido hasta que consigas pasársela a otro. Todo el mundo huye de ti.

El único conjuro para salvarse de la Maldición del Queso es cruzar los dedos.

Pero no es tan fácil acordarse siempre de tener los dedos cruzados. Yo acabé sujetándomelos con cinta adhesiva, de modo que estaban cruzados todo el tiempo. Me costó sacar un «insuficiente» en caligrafía, pero valió la pena.

Un chico llamado Abe Hall pilló la Maldición del Queso en abril y nadie se acercó a él durante el resto del curso. Durante el verano Abe se mudó a California y se llevó con él la Maldición del Queso.

Espero que a nadie se le ocurra empezar otra vez con la misma historia, porque es una estupidez vivir con tanto estrés.

Jueves

Es muy duro acostumbrarme a la idea de que el verano ya terminó y que hay que madrugar todos los días para ir a clase.

El comienzo de mis vacaciones de verano no fue precisamente genial, gracias a mi hermano mayor, Rodrick.

El segundo día, Rodrick me despertó de madrugada.
Me dijo que me había pasado el verano durmiendo y
que por fin era la hora de levantarse para ir a clase.

Podría parecer algo demasiado estúpido como para
engañar a nadie, pero Rodrick se había vestido como
para ir a clase y había cambiado la hora del desper-
tador. Además había corrido las cortinas para que no
viera que todavía era de noche.

Cuando Rodrick me despertó, yo me vestí como si tal
cosa y bajé a la cocina para hacerme el desayuno,
igual que cada mañana cuando toca ir a la escuela.

Creo que hice demasiado ruido, porque lo siguiente que recuerdo es a papá levantado, gritándome por estar comiendo cereales a las 03:00 de la madrugada.

Me llevó cosa de un minuto darme cuenta de lo que estaba sucediendo.

Cuando por fin me espabilé un poco, le dije a papá que había sido cosa de Rodrick y que era a él a quien debía echarle la bronca.

Mi padre bajó al sótano para regañar a Rodrick y yo fui tras él. Estaba deseando ver cómo se las arreglaba mi hermano con la que se le venía encima.

Sin embargo, Rodrick se lo había montado realmente bien para no dejar pistas. Estoy seguro de que incluso hasta hoy día papá cree que me falta un tornillo o algo parecido.

Viernes

Hoy nos han asignado los grupos de lectura en el colegio.

No vienen y te dicen que te han puesto en el grupo de lectura fácil o en el de lectura avanzada, pero lo adivinas enseguida cuando ves los títulos de los libros que reparten.

Me decepcionó saber que me habían incluido en el grupo de los avanzados, porque eso significa que tienes que trabajar más.

Y eso que cuando hicieron la selección, a finales del curso pasado, hice todos los méritos posibles para que este año me pusieran en el montón de los torpes.

FRED TOMÓ ELI, ELI, ELI...

...EL «LIBRO».

¡AH SÍ! GRACIAS.

Mamá se lleva muy bien con el director. Apostaría a que vino a hablar con él y se aseguró de que me pusieran otra vez en el grupo avanzado.

Ella siempre dice que yo soy un chico listo, pero que tengo que estudiar más.

Pero si algo he aprendido de mi hermano Rodrick es a hacer que la gente espere muy poco de ti, así acabas sorprediéndoles sin hacer prácticamente nada.

La verdad es que me alegro de que mi plan para estar en el grupo de lectura fácil no haya funcionado.

He visto a dos chicos de ese grupo sujetando el libro al revés, y no me ha parecido que estuvieran fingiendo.

Sábado
¡Por fin! Ha terminado la primera semana de clases. Hoy puedo dormir a gusto.

La mayoría de los chicos se levantan temprano los sábados para poder ver las series de dibujos animados o cualquier otra cosa en la tele, pero yo no. Los fines de semana sólo me levanto cuando no aguanto más con la boca reseca.

Por desgracia, papá se levanta a las 06:00 de la mañana TODOS LOS DÍAS, no importa qué día de la semana sea, y no parece preocuparle demasiado que yo esté intentando disfrutar de la mañana del sábado, como las personas normales.

No tenía nada que hacer hoy, así que he ido a casa de Rowley.

Teóricamente, Rowley es mi mejor amigo. Pero me parece que eso va a cambiar.

He estado evitando su compañía desde que el primer día del curso hizo algo que me irritó mucho.

Estábamos sacando nuestras cosas de los casilleros a
última hora, cuando llegó Rowley y dijo:

Le he dicho un millón de veces a Rowley que ahora
estamos en la escuela intermedia, se supone que ya no
vamos <<a casa a jugar>>, sino que ahora <<salimos por
ahí>> o <<nos viciamos con los videojuegos>>. Pero no
importa cuántas veces se lo explique, siempre se le olvida.

He intentado cuidar mi imagen desde que empezamos
la escuela intermedia. Pero tener al lado a Rowley
no ayuda nada.

Conocí a Rowley hace unos años, cuando su familia se mudó a vivir a mi barrio.

Su madre le compró el libro <<Cómo hacer amigos en sitios nuevos>> y él se presentó en mi casa, tratando de poner en práctica una serie de bromas estúpidas.

Creo que Rowley me pareció tan patético que decidí tomarlo bajo mi protección.

Lo hemos pasado bien juntos, sobre todo porque me he acostumbrado a hacerle caer en las mismas bromas que me gasta Rodrick.

<u>Lunes</u>

¿He dicho ya que le hago a Rowley todo tipo de jugarretas? Pues tengo un hermano más pequeño, Manny, al que NO se le puede hacer nada.

Papá y mamá protegen a Manny como si fuera un rey o algo así. Jamás le cae un broncazo, aunque se lo merezca.

Ayer Manny pintó su autorretrato con marcadores en la puerta de mi habitación. Pensé que esta vez sí que se la había ganado y que papá y mamá lo iban a castigar. Pero estaba equivocado.

Lo que más me fastidia de Manny es que nunca me llama por mi nombre. Cuando apenas era un bebé y todavía no sabía hablar, le dio por llamarme «Teto». Pero es que TODAVÍA me llama así, a pesar de que siempre les digo a mis padres que no se lo permitan.

Por suerte, ninguno de mis amigos se ha enterado todavía, aunque en alguna ocasión han estado muy cerca.

Por las mañanas, antes de ir a clase, mamá me obliga a prepararle el desayuno a Manny. Mi hermano se lleva el plato con los cereales al comedor y se sienta en su orinal de plástico.

Y cuando llega el momento de ir a la guardería, se levanta y tira en el orinal todo lo que no se ha comido.

Mamá siempre me está regañando por no terminarme el desayuno. Pero si ella tuviera que rascar restos de cereales del fondo de un orinal de plástico todas las mañanas, seguro que tampoco tendría demasiado apetito.

No sé si lo había dicho antes, pero soy SÚPER bueno con los videojuegos. Nadie es capaz de ganarme cara a cara, en la modalidad de dos jugadores.

Por desgracia, papá es incapaz de apreciar mis habilidades. Siempre me está diciendo que salga afuera y haga algo «activo».

Así que esta tarde, después de merendar, cuando empezó a ponerse pesado con que saliera a dar una vuelta, intenté explicarle que con los videojuegos puedes practicar distintos deportes, como fútbol y tenis, sin tener que acalorarte ni sudar.

Pero como de costumbre, papá no fue capaz de apreciar mi lógica aplastante.

Mi padre, en general, es bastante inteligente, pero, cuando se trata de cosas de puro sentido común, me asombra.

Seguro que papá desmontaría mi sistema de video-consola, si supiera cómo hacerlo. Pero por suerte la gente que inventó estas cosas las hizo a prueba de padres.

Cada vez que papá me echa de casa para que haga algo de ejercicio, me voy a casa de Rowley a jugar con su consola.

Lo malo es que en casa de Rowley sólo se puede jugar a las carreras de coches y cosas por el estilo.

Y es que siempre que le llevo un nuevo videojuego, su padre lo busca en una página de Internet para padres. Y si hay alguna pelea o la más MÍNIMA violencia, no nos permite jugar con él.

Ya me estoy hartando de jugar a la Fórmula 1 con Rowley, porque él no se lo toma en serio como yo. Todo lo que tienes que hacer para ganarle es poner algo divertido en el nombre de tu coche al principio del juego...

Cuando le adelantas, se desmonta de risa.

Después de pasar toda la tarde pegándole palizas a Rowley, he vuelto a casa. Pero antes he dado un par de vueltas corriendo alrededor del aspersor del vecino, para que pareciera que llegaba sudoroso y cansado. Esto parece haber impresionado a mi padre.

Pero el truco tiene un fallo. Y es que en cuanto me ha visto mamá, me ha mandado a la ducha.

<u>Miércoles</u>

Creo que papá quedó encantado consigo mismo cuando ayer me hizo salir a la calle, porque hoy ha repetido la jugada. Se está volviendo un rollo esto de tener que ir a casa de Rowley cada vez que quiero jugar con la videoconsola.

A mitad de camino vive un chico muy rarito que se llama Fregley. Siempre está ahí plantado, en la puerta de su casa, y no hay forma de ignorarlo.

Fregley y yo estamos en la misma clase de educación física. Habla siempre con eufemismos y cuando necesita ir al cuarto de baño dice:

Y todos sabemos lo que quiere decir, pero me parece que los maestros todavía no se han enterado.

Hoy hubiera ido de todas maneras a casa de Rowley, porque mi hermano Rodrick y su grupo de rock tenían ensayo en el sótano.

El grupo de mi hermano es sencillamente PENOSO. No puedo aguantar estar en casa cuando ensayan. Se llaman los «Cerebros retorcidos», pero Rodrick puso «Celebros retorcidos» en el rótulo de su furgoneta.

Se podría pensar que lo escribió así para hacer una gracia, pero si alguien le dijera cuál es la forma correcta de escribir «cerebros», para él sería toda una novedad.

A papá no le hizo ninguna gracia la ocurrencia de Rodrick de formar un grupo. En cambio a mi madre le pareció muy bien.

Fue ella quien le compró a Rodrick su primera batería.

Yo creo que mamá piensa que todos vamos a aprender a tocar un instrumento y que vamos a ser una de esas familias musicales que salen cantando por la tele.

Papá odia el heavy metal, que es precisamente el tipo de música que tocan Rodrick y su grupo.

Sin embargo, a mamá no le importa lo que mi hermano toque o escuche, porque para ella toda la música es igual.

De hecho, esta mañana Rodrick había puesto a todo volumen uno de sus CD en el salón de casa y llegó ella y se puso a bailar, haciéndose la moderna.

Esto fastidió tanto a Rodrick que se marchó corriendo a la tienda y volvió un cuarto de hora más
tarde con unos auriculares. Fin del problema.

Jueves

Ayer Rodrick trajo un nuevo CD de heavy metal,
que llevaba pegada una de esas etiquetas de <<Adver-
tencia para padres>>.

Yo nunca había escuchado uno de esos discos con
<<Advertencia para padres>>, porque mis padres no
me dejan comprarlos en el centro comercial. Decidí
que la única manera de escuchar el CD de Rodrick era
llevármelo fuera de casa.

Esta mañana, cuando mi hermano se marchó, llamé a Rowley
y le dije que llevara su reproductor de CD al colegio.

Entonces fui a la habitación de Rodrick y saqué el disco de la estantería.

No está permitido llevar reproductores de música al colegio, así que tuvimos que esperar hasta después del almuerzo, que es cuando los maestros al fin nos permiten salir al patio. En cuanto tuvimos ocasión, Rowley y yo nos fuimos a la parte de atrás de la escuela y pusimos el disco en el reproductor.

Pero Rowley había olvidado cambiar las pilas, así que no sirvió para nada.

Entonces fue cuando se me ocurrió aquel juego. Se trataba de ponernos los auriculares y agitar la cabeza para quitárnoslos de encima sin usar las manos.

El ganador sería el que lo consiguiera en menos tiempo.

Conseguí el récord en siete segundos y medio, pero casi perdí también los empastes de las muelas.

Cuando estábamos más entretenidos, la señora Craig dobló la esquina y nos sorprendió con las manos en la masa. Me quitó el reproductor de CD y empezó a regañarnos.

Me parece que tenía una idea equivocada de lo que estábamos haciendo ahí detrás, porque empezó a decirnos lo «malvado» que es el rock and roll y cómo nos iba a dañar el cerebro.

Yo intenté decirle que el reproductor no tenía pilas, pero ella no me permitió interrumpirla. Así que esperé a que terminara y luego dije: «Sí, señora».

Y cuando la señora Craig estaba a punto de dejarnos marchar, Rowley comenzó a lloriquear diciendo que él no quería que el rock and roll le dañara «el cerebro».

La verdad, a veces me parece que no conozco a Rowley.

<u>Viernes</u>

Bueno, por fin lo he hecho.

Anoche, cuando todo el mundo se había ido a la cama, bajé las escaleras para escuchar el CD de Rodrick en el equipo de música del cuarto de estar.

Me puse los auriculares y puse el volumen MUY ALTO. Entonces le di al play.

En primer lugar, debo decir que comprendo perfectamente por qué ponen en el disco esa etiqueta de «Advertencia para padres», aunque tan sólo pude escuchar treinta segundos de la primera canción, antes de ser interrumpido.

¡Resulta que no había conectado los auriculares al equipo! No me había dado cuenta de que lo que estaba sonando eran los altavoces GRANDES, no los auriculares.

Papá subió conmigo a mi habitación y cerró la puerta detrás de él. Entonces me dijo:

Siempre que me llama «amigo» con ese tono es que estoy en problemas. La primera vez que me dijo «amigo» de esa manera no entendí que se trataba de una ironía, así que bajé la guardia.

Nunca más he vuelto a cometer ese error.

Anoche, papá estuvo gritándome al menos diez minutos hasta que decidió que estaría mejor en su cama que de pie, en paños menores, en mi habitación. Me dijo que estaba castigado dos semanas sin videojuegos, que era más o menos lo que yo esperaba. Supongo que debería estar contento.

Lo bueno de papá es que, cuando se enfada, luego se le pasa enseguida y ya está.

Normalmente, si te metes en un lío y él está cerca, te lanza lo que tiene en las manos.

BUEN MOMENTO PARA FASTIDIAR:

MAL MOMENTO PARA FASTIDIAR:

En cuestión de castigos, mamá tiene un comportamiento COMPLETAMENTE DISTINTO. Si la armas y mi madre te pilla, lo primero que hace es tomarse unos días para pensarse el castigo que va a ponerte.

Entre tanto, intentas hacerle la vida agradable,
para mejorar la situación.

Y luego, al cabo de unos días, cuando has olvidado el
problema, es cuando llega y...

<u>Lunes</u>

Lo de estar sin videojuegos resulta mucho más molesto de lo que había pensado. Pero al menos no soy el único de la familia que ha tenido problemas.

Rodrick también está pasando una etapa difícil con mamá. Y es que Manny le tomó a Rodrick una de sus revistas de heavy metal, y en una página aparecía una chica en bikini, tumbada sobre el capó de un coche. A Manny no se le ocurrió otra cosa que mostrar la revista en la guardería.

Y cuando avisaron a mamá por teléfono no se puso lo que se dice muy contenta.

Yo ya había visto la revista por mi cuenta y, la verdad, no me parece que fuera para tanto. Pero mamá no admite ese tipo de cosas en casa.

El castigo de Rodrick fue tener que contestar a una serie de preguntas que mamá escribió específicamente para él.

¿Tener esta revista asquerosa
te hace mejor persona?

No.

¿Esta revista te ha hecho
más popular en el colegio?

No.

¿Cómo te sientes ahora por
tener esta basura de revista?

Avergonzado.

¿Tienes algo que decir
a las mujeres decentes
por tener esta revista
ofensiva?

Lo siento mucho, mujeres.

<u>Miércoles</u>

Aprovechando que sigo castigado sin videojuegos, Manny está usando mi consola. Mamá le ha comprado una colección completa de videojuegos educativos, y ver a Manny con ellos resulta un verdadero suplicio.

Lo bueno del caso es que por fin se me ocurrió cómo conseguir que el padre de Rowley no nos impida usar mis videojuegos. Simplemente puse uno de mis discos en el estuche de uno de los de Manny, titulado Descubre el abecedario. Tan sencillo como eso.

Han anunciado las próximas elecciones para represen-
tantes de los estudiantes. Para ser sincero, es un
asunto que nunca me ha interesado. Pero cuando me he
puesto a pensar en ello, me he dado cuenta de que si
fuera elegido tesorero, mi vida en el colegio podría
cambiar de manera RADICAL.

Nadie piensa nunca en presentarse para tesorero, porque todos aspiran a los puestos importantes, como presidente y vicepresidente. Así que si me presento para tesorero es casi seguro que saldré elegido.

Viernes

Hoy me he apuntado en la lista de candidatos para el cargo de tesorero. Por desgracia, también se presenta otro chico llamado Marty Porter, que es muy bueno con los números. Me parece que la cosa no va a resultar tan fácil como había pensado.

Le he contado a mi padre que me presento a las elecciones y parece que se ha puesto realmente contento. Resulta que cuando tenía mi edad se presentó para secretario de curso y ganó.

Papá rebuscó en unas cajas viejas del sótano y encontró un cartel de su campaña electoral.

INTEGRIDAD
HONRADEZ
EXPERIENCIA

VOTA

por Frank Heffley
PARA
SECRETARIO

Me pareció que la idea del cartel era genial, así que le pedí a papá que me llevara a comprar algunas cosas. Compré cartulinas de tamaño grande y marcadores y me pasé el resto de la tarde preparando mis carteles de campaña. Espero que funcionen.

Lunes

He traído mis carteles al colegio y, modestia
aparte, han quedado muy bien.

Tan pronto llegué, empecé a colgar mis carteles en la pared. Pero sólo duraron tres minutos, hasta que los vio el subdirector Roy.

El señor Roy me dijo que no estaba permitido escribir «falsedades» sobre los otros candidatos. Le dije que lo de los piojos era verdad, y que cuando ocurrió casi hubo que cerrar el colegio.

Pero no sirvió de nada: de todos modos retiró mis carteles. Así que mientras Marty Porter repartía chupa-chups para comprar los votos de la gente, mis carteles se pudrían en el fondo de la papelera del señor Roy. Creo que puedo dar por terminada mi carrera política.

OCTUBRE

<u>Lunes</u>

Qué bien, ya estamos en octubre. ¡Sólo faltan treinta días para Halloween! Es mi fiesta FAVORITA, aunque mamá dice que ya voy siendo mayor para salir a la calle a pedir golosinas diciéndole a la gente eso de «truco o caramelos».

También es la fiesta favorita de mi padre, pero por razones diferentes. Y es que la noche de Halloween, mientras otros padres reparten golosinas y caramelos, papá se esconde entre los arbustos con un gran cubo de basura lleno de agua.

Y si a los jóvenes se les ocurre entrar en nuestro jardín, los empapa hasta los huesos.

¡JUAASSS!

No estoy muy seguro de que papá capte muy bien el espíritu de Halloween. Claro que tampoco voy a ser yo quien le estropee la diversión.

Esta noche era la inauguración de la casa embrujada del Colegio de Crossland, y había convencido a mamá para que nos llevara a Rowley y a mí.

Rowley se presentó en casa con el mismo disfraz de Halloween que el año pasado. Cuando hablé con él por teléfono, le dije que podíamos ir vestidos con ropa normal pero, como de costumbre, no me hizo caso.

De todos modos, intenté no mostrar mi enfado. Nunca hasta ahora me habían dejado ir a la casa embrujada de Crossland, y no era cuestión de fastidiarlo todo por culpa de Rowley. Rodrick me había contado cómo era y yo llevaba tres años esperando esta ocasión.

De todas maneras, cuando llegó el momento de entrar tuve que pensármelo dos veces.

BUEEEENAS NOOOCHES.

Pero mamá no parecía querer entretenerse y nos hizo pasar sin perder tiempo. Una vez en el interior, fue un susto trás otro. Había vampiros que se lanzaban sobre ti, gente sin cabeza y todo tipo de cosas terroríficas.

Lo más terrible fue el callejón de la Sierra Mecánica. Había un tipo enorme, con una máscara de hockey, que tenía una moto-sierra mecánica AUTÉNTICA. Rodrick me había advertido que la cuchilla era de goma, pero por si acaso no quisimos arriesgarnos y Rowley y yo salimos corriendo.

Cuando parecía que el tipo de la motosierra iba a atraparnos, apareció mi madre y nos salvó.

Mamá le preguntó al de la sierra mecánica dónde estaba la salida, y ahí terminó nuestra experiencia con la casa embrujada. Aunque cuando ella intervino resultó un poco bochornoso, lo voy a ignorar por esta vez.

Sábado

La casa embrujada de Crossland me dio qué pensar. Esos tipos cobraban cada entrada a cinco billetes, y la cola casi daba la vuelta a la manzana del colegio.

Decidí montarme mi propia casa embrujada. No tenía más remedio que embarcar a Rowley en el proyecto, porque mamá nunca iba a permitir que convirtiéramos la planta de abajo de nuestra casa en una terrorífica mansión encantada.

Y como sabía que al padre de Rowley tampoco iba a entusiasmarle la idea, decidimos montar la casa embrujada en su sótano, sin decirles nada a sus padres.

Rowley y yo nos pasamos la mayor parte del día pensando un plan grandioso para nuestra casa del terror.

He aquí nuestro proyecto final:

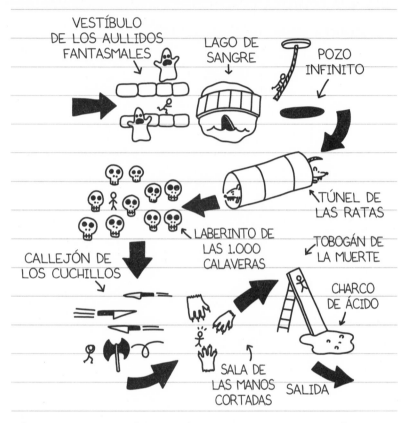

No quiero pecar de inmodestia, pero el recorrido que planeamos era todavía mejor que el de la casa embrujada de Crossland.

Nos dimos cuenta de que teníamos que anunciar el evento, así que conseguimos papel y preparamos unos volantes.

Reconozco que nuestra publicidad no se ajustaba del todo a la realidad, pero teníamos que asegurarnos de que acudiera un montón de gente.

Para cuando terminamos de distribuir los volantes por el vecindario ya eran las 2:30 y todavía no habíamos empezado a montar nuestra casa del terror.

Así que tuvimos que eliminar algunas partes de nuestro plan original.

A las 3:00, nos asomamos para ver si había venido alguien. Y, por supuesto, había unos veinte chicos del barrio haciendo cola a la puerta del sótano de Rowley.

Bueno, ya sé que en los volantes ponía que el precio de la entrada eran 50 centavos, pero vi que era la ocasión de tener un gran éxito financiero.

Así que les dije a los chicos que la entrada costaba dos billetes, y que lo de los 50 centavos era un error de tipografía.

El primero en soltar los dos billetes fue un chico lla- mado Shane Snella. Puso el dinero y le dejamos entrar. Rowley y yo tomamos posiciones en el Vestíbulo de los Aullidos Fantasmales.

Básicamente, consistía en una cama donde Rowley y yo nos habíamos apostado uno a cada lado.

Tal vez resultó demasiado terrorífico, porque apenas íbamos por la mitad del número cuando Shane se refugió debajo de la cama. Intentamos hacerle salir tirando de él, pero no había forma de que se moviera de allí.

Empecé a pensar en todo el dinero que estábamos perdiendo por culpa de este chico atascado en el Vestíbulo de los Aullidos, y supe que teníamos que sacarle de ahí abajo cuanto antes.

En esto, el padre de Rowley bajó por las escaleras. Al principio me alegró verle, porque pensé que podía echarnos una mano para sacar a Shane afuera y así conseguir que nuestra casa embrujada funcionase de nuevo a pleno rendimiento.

Pero resulta que el padre de Rowley no quería ayudar.

Quería saber qué estábamos haciendo y por qué Shane estaba escondido debajo de la cama.

Le explicamos que el sótano era una casa embrujada y que Shane Snella HABÍA PAGADO su entrada por estar allí. Pero el padre de Rowley no nos creyó.

Reconozco que si mirabas alrededor aquello no acababa de parecerse a una casa embrujada. Sólo habíamos tenido tiempo de preparar el Vestíbulo de los Aullidos y el Lago de Sangre, que no era más que la bañera de cuando Rowley era un bebé, en la que habíamos puesto media botella de kétchup.

Traté de enseñarle al padre de Rowley nuestro proyecto original, para demostrarle que se trataba de un negocio auténtico, pero todavía no parecía convencido.

Para abreviar la historia: ahí se terminó nuestra casa embrujada.

Lo bueno del asunto fue que como el padre de Rowley no nos creyó, tampoco nos obligó a devolver el dinero a Shane. Así que hoy al menos ganamos un par de billetes.

<u>Domingo</u>

Al final, castigaron a Rowley por el asunto de la casa embrujada. No puede ver la tele en una semana. Y no permiten que YO vaya a visitarle durante todo ese tiempo.

Se trata de un final injusto, porque también me afecta a mí y eso que yo no he hecho nada malo. Y ahora, ¿dónde voy a jugar con mis videojuegos?

En cualquier caso, como me sentía un poco mal por la situación de Rowley, anoche intenté animarle. Puse en la tele uno de sus programas favoritos y se lo fui retransmitiendo por teléfono para que, al menos, se enterase un poco.

Intenté describirle de la forma más realista posible lo que aparecía en la pantalla. Pero, para ser sincero, no estoy seguro de haber conseguido que Rowley se hiciera una idea de todos los efectos.

Martes

Bueno, pues a Rowley le han levantado el castigo, justo a tiempo para Halloween. Así que me acerqué a su casa, para ver su disfraz de este año. Y tengo que reconocer que me da un poco de envidia.

Su madre le ha comprado un traje de caballero medieval, muchísimo mejor que el disfraz del año pasado.

Tiene DE TODO: casco, escudo, coraza y hasta una espada de verdad.

Yo nunca he tenido un disfraz comprado en una tienda. Todavía no he pensado siquiera qué me voy a poner mañana por la noche. Lo más probable es que improvise algo en el último momento. Tal vez vuelva a vendarme todo entero con papel higiénico para hacer de momia.

Pero parece que mañana por la noche va a llover, así que puede que no sea una idea muy brillante.

Los adultos de mi barrio han sido bastante críticos con mis disfraces pobres de los últimos años, y me doy perfecta cuenta de que esto tiene un efecto negativo en la cantidad de caramelos y golosinas que consigo recolectar.

Pero no tengo tiempo de montarme un buen disfraz, porque tengo que programar el mejor recorrido para que Rowley y yo tengamos éxito mañana.

Este año tengo un plan que nos permitirá recoger como mínimo el doble de golosinas que el año pasado.

Halloween

Casi una hora antes de salir a la calle para empezar con lo de «truco o caramelos», seguía sin disfraz.

Pero entonces mamá llamó a la puerta de mi habitación. Me traía un disfraz de pirata, con parche para el ojo, y un garfio y todo.

Rowley apareció a las 6:30 vestido de caballero medieval, pero ya no se parecía en nada al flamante disfraz que le vi ayer.

Su madre le había hecho una serie de cambios para que fuera más seguro, de manera que ya ni siquiera se sabía de qué iba disfrazado.

Había abierto un gran boquete en la parte delantera del casco, para que pudiera ver mejor. Y además había cubierto la armadura con tiras de cinta reflectante. Le había hecho ponerse el abrigo por debajo del disfraz. Y además había sustituido la impresionante espada por una barrita luminosa.

Con la funda de mi almohada hice un saco para los caramelos, y ya estábamos a punto de salir a la calle cuando mamá nos paró.

¡QUIERO QUE SE LLEVEN A MANNY!

¡Rayos! Debería haber imaginado que, cuando mamá me dio aquel disfraz tan impresionante, tenía algo en mente.

Le dije que DE NINGUNA MANERA podíamos considerar la posibilidad de llevar a Manny con nosotros porque teníamos previsto visitar 152 casas en tres horas. Además, íbamos a ir por el Camino de la Serpiente, un paraje que resultaba demasiado peligroso para un niño pequeño como Manny.

No debería haber mencionado esto último, porque lo siguiente que hizo mamá fue decirle a papá que nos acompañara él también, para asegurarse de que no poníamos ni un pie fuera del vecindario. Papá trató de escaparse, pero cuando mamá toma una decisión ya no hay manera de hacerle cambiar de idea.

Justo antes de salir de nuestro propio jardín, nos encontramos con nuestro vecino, el señor Mitchell, y su hijo pequeño, Jeremy. Y claro, tuvieron que UNIRSE a nosotros.

Si los lentos de Manny y Jeremy no hubieran venido, la cosa hubiera sido un poco más fluida y hubiéramos recogido muchas más golosinas en el vecindario.

Para colmo, mi padre y el señor Mitchell iban charlando de fútbol y cosas por el estilo, y, cada vez que creían que decían algo importante, dejaban de andar.

Por eso sólo conseguimos visitar una casa cada veinte minutos.

Después de un par de horas, papá y el señor Mitchell decidieron llevarse a los pequeños a casa.

Me alegré, porque así Rowley y yo podríamos ir mucho más deprisa. La funda de mi almohada estaba casi vacía y había que aprovechar el tiempo al máximo.

Pero poco después Rowley me dijo que necesitaba parar en alguna parte para <<ir al baño>>. Le hice aguantarse las ganas unos tres cuartos de hora, hasta que, cuando llegamos a casa de mi abuela, me di cuenta de que, si no le dejaba ir al cuarto de baño, se lo iba a hacer encima.

Eso sí, le dije que si no regresaba en sesenta segundos iba a empezar a comerme su parte de los caramelos.

Tras esta pequeña interrupción, al fin volvimos a emprender nuestra ruta. Ya eran alrededor de las 10:30, y siempre tengo la impresión de que a esa hora es cuando la mayor parte de los adultos dan por terminada la noche de Halloween. No resulta difícil adivinarlo, porque empiezan a abrirte la puerta en pijama y a ponerte malas caras.

Finalmente, decidimos regresar a casa. Habíamos logrado recuperar el tiempo perdido desde que papá y el señor Mitchell se fueron a casa, así que me encontraba bastante satisfecho con la cantidad de golosinas que habíamos conseguido.

Cuando nos encontrábamos a mitad de camino, apareció por la calle una camioneta en la que iban un puñado de grandullones que debían estar en bachillerato.

Cuando la camioneta pasó a nuestro lado, el que iba en la parte de atrás nos regó con un extintor.

Tengo que reconocer que Rowley estuvo bien, porque consiguió parar el 95% del agua con su escudo de caballero medieval. Si no lo hubiera hecho, la funda de almohada con nuestros dulces se habría empapado.

Cuando la camioneta ya se iba, les grité algo de lo que me arrepentí dos segundos más tarde.

Entonces la camioneta pegó un frenazo y dio la vuelta. Rowley y yo empezamos a correr, pero nos venían pisando los talones.

La única posibilidad era refugiarnos en casa de mi abuela. Atajamos por un par de patios para llegar hasta allí. Mi abuela ya se había acostado, pero yo sabía que ella tiene una llave de la casa escondida debajo del felpudo de la puerta.

Una vez dentro, me asomé a la ventana para ver si nos habían seguido. Y, en efecto, allí estaban. Traté de engañarles para que se marcharan, pero fue inútil.

Después de un rato, nos dimos cuenta de que aquellos gorilas nos iban a esperar ahí afuera, así que pensamos pasar la noche en casa de mi abuela. Fue entonces cuando empezamos a ponernos gallitos y a burlarnos de ellos gritando como monos.

Bueno, al menos yo hacía ruidos de mono. Rowley más bien parecía imitar a un búho, pero la idea era más o menos la misma.

Llamé a mamá para avisarle de que íbamos a quedarnos en casa de la abuela, pero se puso hecha una furia por teléfono.

Dijo que al día siguiente había colegio y que regresáramos a casa inmediatamente. Eso significaba que íbamos a tener que huir.

Entonces miré por la ventana y no vi la camioneta. Pero esos tipos podían estar escondidos en cualquier parte para pillarnos desprevenidos.

Salimos silenciosamente por la puerta de atrás, saltamos la valla de la casa y echamos a correr hacia el Camino de la Serpiente. Supuse que por allí nos resultaría más fácil escabullirnos, porque no hay farolas.

Ese camino resulta tenebroso ya de por sí, sin necesidad de que te esté dando caza una camioneta llena de energúmenos. Cada vez que escuchábamos un coche acercándose, nos escondíamos entre los arbustos. Debimos de tardar casi una hora para recorrer unas cien yardas.

Al final, conseguimos regresar a casa sin que nos vieran, aunque durante todo el camino estuvimos vigilando por si volvían a aparecer.

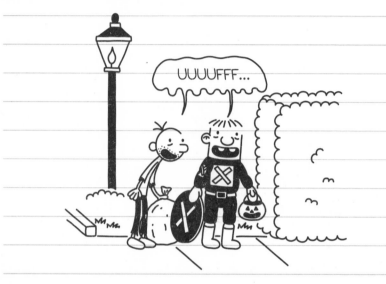

Pero justo en ese momento, se oyó un grito horroroso y una enorme masa de agua cayó sobre nosotros.

¡Maldita sea! Había olvidado el pasatiempo favorito de papá en Halloween y eso nos había costado caro.

Cuando Rowley y yo entramos en casa, pusimos todos los caramelos encima de la mesa de la cocina.

Tan sólo conseguimos salvar un par de caramelos de menta que iban envueltos en papel de celofán, y unos cepillos de dientes que nos había regalado el doctor Garrison.

Creo que el próximo Halloween me voy a quedar en casa comiendo esas galletas de chocolate del bote que mamá pone siempre encima de la nevera.

NOVIEMBRE

Martes

Hemos pasado con el autobús del colegio por delante de la casa de mi abuela y no me ha sorprendido ver que la habían decorado de arriba abajo con papel higiénico.

Me he sentido un poco culpable porque daba la impresión de que quitar todo aquello iba a ser un trabajo duro. Pero bueno, como la abuela está jubilada, lo más probable es que no tuviera ningún plan para hoy.

Miércoles

A última hora de la mañana, nuestro profesor de educación física, el señor Underwood, ha dicho que los chicos vamos a hacer un cursillo de lucha libre durante las próximas seis semanas.

Si los chicos de mi escuela están puestos en algo, es en lucha libre. Así que el anuncio del señor Under-wood ha sido todo un bombazo.

Después de la clase de educación física tocaba el almuerzo, y el comedor parecía una casa de locos.

No sé en qué estaban pensando los maestros al programarnos un cursillo de lucha libre.

Decidí que, si no quería que me dejaran el cuerpo hecho un nudo marinero, iba a tener que tomarme en serio esto de la lucha libre.

Así que alquilé dos videojuegos para aprender algunas llaves. Y no es por nada, pero poco después ya empezaba a pillarle el truco.

De hecho, los mayores iban a tener que andarse con cuidado porque, si yo seguía así, podía llegar a resultar una verdadera amenaza para ellos.

De todas maneras, creo que intentaré no ser DEMASIADO bueno. A un chico que se llama Preston Zonn lo han nombrado Deportista del Mes por su fantástica actuación en las competiciones de baloncesto. Y han colocado su retrato en el vestíbulo del colegio.

En cosa de segundos, todos se dieron cuenta de cómo suena <<P. Zonn>> cuando lo dices todo seguido. Y claro, las burlas al pobre Preston no han parado desde entonces.

Vaya. Hoy me he enterado de que la lucha libre que nos va a enseñar el señor Underwood es TOTALMENTE distinta de la que ponen por la tele.

Para empezar, tenemos que vestirnos con una especie de camisetas patéticas que son como esos trajes de baño que se utilizaban hace un siglo.

Además resulta que no hay tipos como armarios rompiendo sillas en la cabeza de la gente, ni nada de eso.

Ni siquiera hay un ring con cuerdas. Tan sólo una colchoneta llena de sudor, que apesta como si no la hubieran lavado en la vida.

El señor Underwood empezó a pedir voluntarios para hacer demostraciones de algunos movimientos de lucha libre, pero yo no iba a levantar la mano por nada del mundo.

Rowley y yo tratamos de escondernos por la parte de atrás del gimnasio, al otro lado de la cortina. Pero allí estaban las chicas, haciendo sus ejercicios de gim-jazz.

Rápidamente huimos de allí y regresamos con el resto de los chicos.

Entonces el señor Underwood me eligió a mí, probablemente porque soy el más delgado de la clase y me podía derribar sin esfuerzo. Mostró a todos cómo se hacen la «nelson media», la «inversa», el «aterrizaje» y cosas por el estilo.

Cuando estaba enseñándonos cómo se hace la
«llave del bombero», una corriente de aire frío
me confirmó que la camiseta no me estaba cubrien-
do el cuerpo demasiado bien. Agradecí a mi buena
estrella que las chicas se encontraran en el otro
lado del gimnasio.

El señor Underwood nos dividió en categorías según el
peso. Al principio me pareció estupendo porque así no iba
a tener que vérmelas con chicos como Benny Wells, que
puede levantar 100 kilos.

Y entonces supe con quién ME HABÍA TOCADO luchar. Lo hubiera cambiado por Benny Wells sin pensármelo dos veces.

Fregley era el único chico lo suficientemente delgado como para estar en mi categoría de peso. Y, por lo visto, había puesto mucha atención a las lecciones del señor Underwood, porque consiguió hacerme inmovilizaciones de todas las maneras posibles. Pasé el resto de la clase mucho más cerca de Fregley de lo que me hubiera gustado.

Martes

Da la impresión de que el colegio entero se ha vuelto loco con el curso de lucha libre. Los pasillos están llenos de chicos luchando, y también las clases. Lo peor de todo es cuando nos dejan salir un cuarto de hora al recreo después de almorzar.

Es que no puedes dar ni cuatro pasos sin tropezarte con una pareja de chicos en acción. Yo procuro mantenerme a distancia. En cualquier momento, uno de estos idiotas va a rodar por encima de la rebanada de queso y van a volver a salir con lo de la Maldición del Queso.

El otro gran problema es que todos los días me toca hacer lucha libre con Fregley. Esta mañana me he dado cuenta de una cosa. Si consigo pesar más que Fregley, entonces no le tendré como pareja nunca más.

Así que hoy metí todos los calcetines y camisetas que pude debajo de mi ropa para que me subieran de categoría.

Pero mi peso seguía siendo demasiado ligero.

Iba a tener que aumentar mi peso de verdad. Al principio pensé que era cuestión de atiborrarme de comida chatarra, pero luego tuve una idea bastante mejor.

En vez de engordar, decidí ganar peso desarrollando mi MUSCULATURA.

Hasta ahora, mi forma física nunca me había preocupado, pero el cursillo de lucha libre me ha hecho replantearme las cosas.

Creo que si aumento mis músculos ahora, más adelante podría resultar muy útil.

En primavera nos tocará practicar fútbol. Siempre nos dividen en dos equipos, el de los chicos más fuertes y el de los renacuajos. Por supuesto a mí SIEMPRE me ponen con los segundos.

Supongo que lo hacen así para que todos los chicos que no estamos en forma podamos sentir lástima de nosotros mismos.

Pero si ahora aumento mi masa muscular, esta primavera la historia podría ser muy diferente.

Anoche, después de la cena, aproveché que mis
padres estaban juntos para explicarles mi plan. Les
dije que iba a necesitar aparatos profesionales de
gimnasia y dosis extra de comida para ganar peso.

Les mostré unas revistas de culturismo que había comprado en
el kiosco, para que pudieran hacerse una idea de cómo iba a
muscularme.

Al principio, mamá no dijo nada, pero a mi padre le entusiasmó la idea. Supongo que estaba contento por el cambio que suponía respecto a mi anterior manera de ser.

Pero mamá dijo que si yo quería un juego de pesas, iba a tener que demostrar que era capaz de ser constante haciendo tablas de gimnasia. Dijo que tenía que pasarme dos semanas haciendo flexiones y otros ejercicios.

Le tuve que explicar que sólo disponiendo de los mismos aparatos que tienen en el gimnasio es posible desarrollar la musculatura de una manera equilibrada y completa. Pero no me hizo caso.

Papá dijo que si quería un banco de musculación, tal vez fuera posible conseguirlo estas Navidades.

Pero todavía falta un mes y medio para las Navidades. Y si Fregley me derriba una vez más, me va a dar un ataque de histeria.

Tengo la impresión de que mis padres no van a resultar de mucha ayuda. Es decir, que voy a tener que buscarme la vida, como de costumbre.

Sábado
Esta mañana me moría de ganas de empezar mi entrenamiento con pesas. Aunque mamá no quiera comprarme los aparatos de gimnasia que necesito, no pienso desanimarme.

Así que fui a la nevera y vacié las botellas de jugo de naranja y de leche, y luego las llené con arena. Después las fijé con cinta adhesiva al palo de una escoba, y ya tenía mi propia barra con pesas.

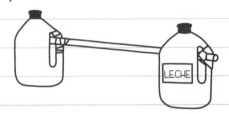

Lo siguiente fue improvisar un banco de musculación con una tabla de planchar y unas cajas. Una vez realizadas todas estas operaciones, ya estaba preparado para comenzar un entrenamiento mínimamente serio.

Iba a necesitar un compañero de entrenamiento, así que llamé a Rowley. Cuando se presentó en casa con aquella ridícula indumentaria, me di cuenta de mi error.

Hice que Rowley utilizara primero el banco de musculación, más que nada por ver si el palo de escoba aguantaba el peso.

Después de levantarlo cinco veces, iba a dejarlo, pero no se lo permití. Para eso está un buen compañero de entrenamiento, para ayudarte a superar tus limitaciones.

Enseguida supe que Rowley no iba a tomarse el entrenamiento tan en serio como yo, así que decidí someter su capacidad de concentración a una prueba.

Cuando se encontraba en mitad de los ejercicios, me puse la nariz y los bigotes postizos que Rodrick guarda entre sus cachivaches.

Y en el momento en que Rowley se encontraba en pleno esfuerzo, me incliné sobre él y le miré fijamente.

Como sospechaba, Rowley perdió su concentración POR COMPLETO. Ni siquiera podía quitarse las pesas de encima. Consideré la posibilidad de ayudarle, pero me di cuenta de que, si no era más disciplinado, jamás iba a alcanzar mi nivel.

Al final, no tuve más remedio que acudir al rescate, porque empezó a mordisquear la botella de leche con la esperanza de que se desparramara toda la arena.

Cuando Rowley se levantó del banco de musculación, llegó mi turno. Pero Rowley dijo que no se sentía con ánimos para más entrenamiento y se marchó a su casa.

Estaba claro. Sabía que me saldría con una excusa por el estilo. Y es que no puedes esperar de la gente que tenga la misma dedicación que tú.

Miércoles

Hoy en la clase de geografía íbamos a hacer un ejercicio que yo llevaba esperando mucho tiempo.

Era un examen de las capitales de los estados. Por suerte, mi sitio está al fondo de la clase, justo al lado de un mapa que tiene señaladas las capitales de cada estado con letras mayúsculas de color rojo. Así que la cosa estaba facilísima.

Pero justo antes de empezar, Patty Farrell, que se sienta delante, levantó la mano para llamar la atención del maestro.

Patty le dijo al maestro, el señor Ira, que antes de empezar con el examen creía que debía cubrir el mapa.

Así que, gracias a Patty, acabé reprobando aquel examen. Algún día encontraré la manera de devolverle la jugada.

<u>Jueves</u>

Mamá subió esta noche a mi habitación, con un volante en la mano. En cuanto lo vi, supe EXACTA-MENTE de qué se trataba.

Era un anuncio de las pruebas para la representación de invierno del colegio. ¡Rayos! Tenía que haber tirado ese papel a la basura cuando lo vi encima de la mesa de la cocina.

Le SUPLIQUÉ a mamá que no me hiciera presentarme a las pruebas. Estas representaciones son siempre obras musicales, y lo último que necesitaba era tener que cantar en solitario delante de todo el mundo.

Parece que mis ruegos tuvieron el efecto contrario: convencieron a mamá de que yo tenía que hacerlo.

Mamá dijo que, para alcanzar una «educación completa», era necesario probar un poco de todo.

Mi padre llegó a la habitación y preguntó qué estaba pasando. Yo le dije que mamá quería obligarme a apuntarme a la obra del colegio, y que si tenía que empezar con eso de los ensayos se me iba a desmontar por completo mi programa de levantamiento de pesas.

Sabía que esto pondría a papá de mi parte. Lo estuvieron discutiendo durante algunos minutos. Pero mi padre no tenía nada que hacer.

Eso significa que mañana tendré que ir a las pruebas para la obra del colegio.

Viernes

La obra que se va a representar este año es «El mago de Oz». Muchos chicos llegaban disfrazados de los papeles que querían representar.

Yo no había visto la película, así que era como estar en un espéctaculo de ñoños.

La señora Norton, que era la directora musical, nos hizo cantar a cada uno de nosotros una canción absolutamente ridícula para hacerse una idea de cómo andábamos de voz. Hice mi prueba con otros chicos que también habían venido obligados por sus madres. Yo traté de cantar lo más bajito posible pero, claro, de todas maneras me seleccionaron.

No tengo idea de lo que es un «soprano», pero durante el camino de vuelta a casa las chicas iban soltando risitas detrás de mí. Así que seguro que no era nada bueno.

Las pruebas se hicieron eternas. Al final llegó la audición para el papel de Dorothy, que sospecho que es el personaje protagonista de la obra.

Y quién iba a llevarse ese papel, sino Patty Farrell.

Yo pensé en presentarme para el personaje de la bruja, porque había oído que le hace todo tipo de jugarretas a Dorothy.

Pero luego me enteré de que había una bruja buena y una bruja mala. Con mi suerte, terminaría siendo elegido para el papel de bruja buena.

Lunes

Esperaba que la señora Norton no me adjudicara un papel en la obra, pero hoy ha dicho que todo el mundo que se ha presentado a las pruebas tendrá un papel. ¡Maldita sea mi suerte!

La señora Norton nos puso la película «El mago de Oz», para que todos estuviéramos familiarizados con la historia. Yo me preguntaba qué papel iba a tocarme, aunque todos los personajes tienen que cantar o bailar en un momento u otro. Cuando la película iba por la mitad, ya sabía qué papel quería para mí. Voy a apuntarme para ser un árbol porque: 1) los árboles no tienen que cantar, y 2) le tiran manzanas a Dorothy.

Atizarle unos manzanazos a Patty Farrell en mitad de la escena, con todo el mundo viéndolo, es como un sueño dorado. Cuando esto termine, tengo que darle las gracias a mamá por haberme obligado a hacer esta obra.

Cuando terminó la proyección de la película, me apunté para el papel de árbol. Desgraciadamente, había un montón de chicos que habían tenido la misma idea que yo. Seguramente hay muchos que tienen cuentas pendientes con Patty Farrell.

Miércoles

Bueno, pues como dice mi madre, ten cuidado con lo que deseas. Resulté elegido para hacer de árbol, pero no sé si es tan bueno. Los disfraces de árbol no tienen agujeros para sacar los brazos, así que parece que el lanzamiento de manzanas ha sido suprimido.

Me sentiría afortunado si al menos tuviera que decir algo. Pero había muchos aspirantes y no había suficientes personajes. Así que tuvieron que inventar algunos.

Rodney James aspiraba a ser el Hombre de Hojalata, pero tuvo que conformarse con el papel de arbusto.

Viernes

¿Comenté lo de tener la suerte de poder decir algo en la representación? Pues hoy me he enterado de que sólo tengo una línea en toda la obra. Tengo que decirla cuando Dorothy arranca una manzana de una de mis ramas.

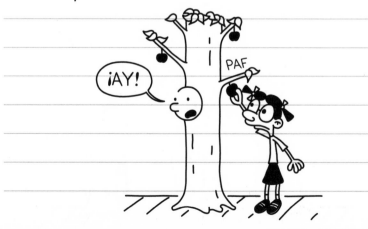

Se supone que tengo que practicar dos horas diarias para decir una estúpida palabra.

Estoy empezando a pensar que Rodney James tiene suerte con el papel de arbusto. Ha encontrado la manera de jugar con un videojuego dentro de su disfraz. Apuesto a que con eso la obra se le pasará más deprisa.

Ahora estoy intentando encontrar la manera de que la señora Norton me expulse de la obra. Pero cuando sólo tienes que decir una palabra resulta muy difícil equivocarse.

DICIEMBRE

<u>Jueves</u>

Sólo faltan dos días para la obra y no tengo ni idea
de cómo nos va a salir.

Para empezar, nadie se ha molestado en aprenderse sus
papeles, y eso es culpa de la señora Norton.

Durante los ensayos, desde un lado del escenario, le va
susurrando a todo el mundo lo que tiene que decir.

Me pregunto qué ocurrirá el martes, con la señora
Norton sentada al piano, lejos del escenario.

Otro factor de gran confusión es que la maestra no hace más que añadir nuevas escenas y personajes.

Ayer incluyó en la obra a un chavalito para que hiciera el papel de Totó, el perro de Dorothy. Pero hoy ha venido la madre del niño y ha dicho que su hijo tenía que andar como las personas, que eso de caminar a cuatro patas resultaba demasiado <<degradante>>.

Así que tendremos un perro que camina sobre dos patas durante toda la obra.

Pero, sin duda, lo peor de todo es que la señora Norton ha compuesto una canción para que la cantemos LOS ÁRBOLES. Ha dicho que considera que todo el mundo <<se merece>> la oportunidad de cantar en la obra.

Y hoy hemos tenido que pasar toda la hora del ensayo aprendién-
donos la canción más horrible que jamás se haya inventado.

Gracias a Dios, Rodrick no vendrá a la representación y
no podrá reírse de mí. La señora Norton ha dicho que
se trata de un evento «un poco formal», y me consta
que Rodrick no se va a poner una corbata para asistir a
una obra del colegio.

Al final, hoy no estuvo mal del todo. Cuando estábamos
acabando el ensayo, Archie Kelly tropezó con Rodney
James y se rompió un diente, ya que no pudo sacar los
brazos para amortiguar la caída.

Lo mejor de todo esto es que, gracias al accidente de Archie, van a permitir que los árboles podamos sacar los brazos del disfraz durante la representación.

Martes

Esta noche se representó la gran obra del colegio, «El mago de Oz». La primera señal de que las cosas no iban a ir bien se produjo antes de empezar la función.

Yo estaba espiando desde detrás del telón para ver cuánto público llegaba y... ¿a quién vi? Nada menos que a mi hermano Rodrick, con corbata incluida.

Debía de haberse enterado de que yo tenía que cantar, y había decidido que de ninguna manera iba a perderse el numerito.

Se suponía que la función iba a empezar a las 8:00, pero hubo un retraso porque a Rodney James le entró un ataque de pánico escénico.

Imagínate que todo pueda irse al traste por culpa de alguien cuya única tarea consiste en permanecer sentado, sin decir nada durante toda la representación. Pues no hubo manera de hacer que Rodney se moviera y fue su madre quien tuvo que llevárselo.

Total, que la función no empezó hasta las 8:30. Exactamente como yo había predicho, nadie recordaba los diálogos. Pero la señora Norton estuvo al quite, yendo y viniendo todo el tiempo desde el piano hasta el lateral del escenario.

El niño que hacía de Totó se trajo un taburete y un montón de comics al escenario, de modo que el efecto «perruno» desapareció por completo.

Cuando llegó el momento de la escena del bosque, yo y el resto de los árboles estábamos aguardando en nuestros puestos. Tan pronto como alzaron el telón pude oír la voz de Manny.

Genial. Había conseguido ocultar la existencia de ese nombre durante cinco años y ahora, de pronto, lo sabía toda la ciudad. Podía sentir 300 pares de ojos fijándose en mí.

Así que tuve que improvisar con rapidez, desviando la atención hacia Archie Kelly.

Pero lo peor todavía estaba por venir. Cuando la señora Norton comenzó a tocar las primeras notas de «Somos tres arbolitos», sentí que se me encogía el estómago.

Miré hacia el público y pude distinguir a Rodrick con una cámara de video en sus manos.

Supe que si Rodrick me grababa cantando aquello iba a conservar la cinta para siempre y la iba a utilizar para humillarme el resto de mi vida.

No sabía qué hacer, así que, cuando llegó el momento de empezar a cantar, me limité a mantener la boca cerrada.

Durante unos segundos pareció que funcionaba. Pensé que si me abstenía de cantar la canción, Rodrick no tendría ningún material comprometedor. Pero, momentos después, los otros árboles se dieron cuenta de que yo no estaba cantando.

Creo que, al verme callado, pensaron que se habían equivocado y entonces ellos también dejaron de cantar.

Ahí estábamos los tres, plantados sin decir nada. La señora Norton creyó que no recordábamos la letra y se acercó a un lado del escenario para soplarnos el resto.

La canción sólo duraba unos tres minutos, pero a mí me parecieron horas. Lo único que deseaba era que bajaran el telón para que pudiéramos escapar del escenario.

Entonces fue cuando vi a Patty Farrell esperando de pie, entre bastidores. Si las miradas mataran, los tres árboles ya estaríamos muertos. Seguro que pensaba que estábamos estropeando su gran oportunidad de dar el salto a la fama o algo así.

Al descubrir a Patty allí, recordé por qué me había apuntado para hacer de árbol.

Enseguida, los otros árboles también empezaron a tirar manzanas. Creo que hasta Totó participó en esta escena.

Una manzana alcanzó a Patty en la cabeza, los lentes se le cayeron al suelo y se rompió un cristal. Entonces la maestra tuvo que interrumpir la función, porque, sin sus lentes, Patty no ve dos palmos más allá de sus narices.

Cuando terminó la función, regresé a casa con mi familia. Mamá había traído un ramo de flores, supongo que para entregármelo al final de la obra. Pero acabó tirándolo a una papelera cuando se dirigía a la salida.

A pesar de todo, espero que todos los asistentes a la función se lo pasaran tan bien como yo.

Miércoles

Si algo bueno resultó de la función de teatro es que ya nunca tendré que volver a preocuparme por el apodo de «Teto».

Después de la quinta hora, he visto cómo los otros chicos se dirigían a Archie Kelly en el pasillo. Y parece que el problema está solucionado y puedo respirar tranquilo.

Domingo

Con todos estos líos del colegio, no he tenido tiempo de pensar en las Navidades. Y faltan menos de diez días.

De hecho, lo único que me ha hecho recordar que se acerca el día de Navidad ha sido ver la lista de regalos de Rodrick en un papel pegado sobre la puerta del refrigerador.

Lista de regalos
de Rodrick

1. Una batería nueva

2. Una camioneta nueva

3. Sesos exprimidos

Todos los años suelo hacer una lista de regalos muy larga, pero para estas Navidades sólo quiero un videojuego: «El hechicero retorcido».

Anoche Manny tenía un catálogo y se estaba dedicando a marcar con un marcador rojo todos los juguetes que quería pedir. Hacía un círculo a todos los juguetes del catálogo, incluso a algunos muy caros, como el gran coche motorizado y otros por el estilo.

Así que decidí intervenir y darle algunos sabios consejos de hermano mayor.

Le dije que si marcaba cosas demasiado caras, al final
le iban a regalar sólo algunas prendas de ropa. Le
recomendé que se limitara a marcar tres o cuatro regalos de precio medio, de modo que al final quizá recibiera
uno o dos.

Pero, claro, no me hizo ni caso y continuó marcando
todos los juguetes. Supongo que tarde o temprano no
tendrá más remedio que aprender por la vía dura.

Cuando yo tenía siete años, lo único que quería como
regalo de Navidad era la Casa de los sueños de
Barbie. Y NO porque me gusten los juguetes para
niñas, como Rodrick se encargó de pregonar.

Es que se me ocurrió que podía ser estupenda como fortaleza para mis soldados.

Aquel año, cuando mis padres vieron mi lista de regalos, tuvieron una gran discusión. Papá decía que de ninguna manera yo iba a tener una casa de muñecas. Pero mamá opinaba que podía resultar beneficioso para mí «experimentar» con todos los tipos de juguetes que yo quisiera.

Por increíble que pueda parecer, papá se impuso en aquella discusión. Me dijo que volviera a escribir la lista y que esta vez escogiera juguetes más «apropiados» para chicos.

Sin embargo, cuando se acerca la Navidad, tengo un arma secreta. Mi tío Charlie siempre me regala lo que le pido. Le dije que quería la Casa de los sueños de Barbie y me contestó que ya veríamos...

El día de Navidad, cuando el tío Charlie me dio mi regalo, NO era lo que yo le había pedido. Supongo que entró en la juguetería y compró lo primero que vio que llevaba la palabra «Barbie».

Así que si alguna vez sale a la luz una foto donde estoy con una muñeca Barbie en la playa, al menos ya he aclarado cómo sucedió.

A papá no le hizo ninguna gracia ver lo que me había regalado el tío Charlie. Me dio a elegir entre tirar la muñeca a la basura o regalarla a alguna institución benéfica.

Pero la conservé. Y, bueno, reconozco haber jugado con ella un par de veces.

Esto explica que dos semanas después llegase a Urgencias con un zapatito rosa de Barbie incrustado en la nariz. Rodrick y yo todavía tenemos una cuenta pendiente por ESTE ASUNTO.

Jueves

Esta tarde, mamá y yo fuimos a comprar alguna cosa para el Árbol de los Regalos que ponen en la iglesia. Básicamente, el Árbol de los Regalos sirve para hacerte pasar por Santa Claus y regalar algo a una persona necesitada.

Mamá compró un suéter de lana roja para nuestro necesitado del Árbol de los Regalos.

Intenté convencerla de que comprara algo más interesante, como una tele, una máquina de fabricar nieve artificial o algo así.

Porque imagínate que por Navidad sólo te regalan un suéter de lana.

Seguro que el necesitado del Árbol de los Regalos tira el suéter a la basura, junto con los diez paquetes de arroz que le habíamos enviado por el día de la recolecta de comida de Acción de Gracias.

Navidad

Cuando me desperté esta mañana, bajé las escaleras y había un montonazo de regalos junto al árbol de Navidad. Pero cuando me puse a buscar, casi no había paquetes que llevaran puesto mi nombre.

En cambio, Manny tenía más regalos que un rey. Le habían traído TODO lo que él había ido marcando en el catálogo, lo juro. Supongo que estará encantado de no haberme hecho caso.

Yo encontré unas cuantas cosas con mi nombre puesto. Pero casi todo eran libros, calcetines y cosas así.

Abrí mis regalos en un rincón detrás del sofá porque no me gusta abrir paquetes cuando mi padre está cerca. Tiene la manía de ir recogiendo los restos de los envoltorios casi cuando todavía no has terminado de quitarlos.

Mi regalo para Manny fue un helicóptero de juguete.
A Rodrick le regalé un libro sobre grupos de rock. Él
también me regaló un libro, que ni siquiera se había
molestado en envolver. El libro era «Lo mejor de L'il
Cutie». L'il Cutie es la peor tira de cómics que se
publica en el periódico y Rodrick sabe cuánto la odio.
Me parece que es el cuarto año consecutivo que
Rodrick me regala un libro de L'il Cutie.

Les di sus regalos a papá y mamá. Todos los años les
hago el mismo tipo de regalo, pero a los padres eso
les encanta.

El resto de nuestros parientes comenzaron a llegar a partir de las 11:00, y al tío Charlie apareció a mediodía.

Mi tío se presentó con un gran saco lleno de regalos y sacó el mío de la parte de arriba.

Aquel paquete tenía la misma forma y tamaño que el video-juego «El hechicero retorcido». Es decir, que en esta ocasión tío Charlie se había portado bien. Mamá tenía su cámara preparada mientras yo rasgaba el papel que envolvía el regalo.

Era un hermoso retrato, tamaño 5X7, de él mismo.

Creo que no disimulé mi decepción demasiado bien,
porque mamá se enfadó conmigo. En fin, me alegro
de ser todavía un chico, porque me temo que, con los
regalos que se hacen los adultos, sería incapaz de
aparentar que me gustan.

Subí a mi habitación para descansar un rato. Un par de minutos después, papá llamó a la puerta. Me dijo que tenía su regalo para mí en el garaje, y que lo había dejado allí porque abultaba demasiado para envolverlo.

Cuando fui al garaje, lo que había allí era un flamante banco de entrenamiento para hacer ejercicios de levantamiento de pesas.

Seguro que había costado una fortuna. No tuve corazón para decirle a mi papá que había perdido totalmente el interés por el levantamiento de pesas: el cursillo de lucha libre había terminado la semana pasada. En lugar de esto, le di las gracias.

Me parece que papá estaba esperando que me lanzara sobre el banco y comenzara inmediatamente a hacer series sin parar, pero yo simplemente me excusé y volví a entrar en casa.

A las 6:00 ya no quedaban parientes en casa. Me senté en el sofá a ver cómo Manny jugaba con sus regalos, compadeciéndome de mí mismo. Entonces llegó mamá y me dijo que había encontrado detrás del piano un regalo con mi nombre, en el que también ponía: «De parte de Santa Claus».

El paquete era demasiado voluminoso para ser «El hechicero retorcido», pero mamá utilizó el mismo «truco de la caja grande» el año pasado, cuando me regaló una tarjeta de memoria para mi videoconsola.

Rasgué el papel y saqué el regalo. Tampoco era «El hechicero retorcido». Era un gran suéter rojo de lana.

Al principio sospeché que mamá me estaba gastando una broma, porque era el mismo suéter que había comprado para nuestro necesitado del Árbol de los Regalos.

Pero, sorprendentemente, mi madre también parecía confusa. Dijo que ella ME HABÍA COMPRADO un videojuego, y que no entendía cómo había llegado el suéter a esa caja.

Entonces se me encendió la bombilla y le dije a mamá que seguramente yo había recibido el suéter destinado al necesitado del Árbol de Regalos, y él mi regalo.

Mamá cayó en que había utilizado un papel muy parecido para envolver, de modo que quizá se había equivocado al escribir los nombres en las etiquetas.

Entonces me dijo que deberíamos alegrarnos de que las cosas hubieran salido así, porque el necesitado del Árbol de Regalos estaría encantado con un «obsequio tan estupendo».

¡ES UN MILAGRO NAVIDEÑO!

Le tuve que explicar que para jugar con <<El hechicero
retorcido>> hace falta la consola y también un televisor.
Así es que el regalo no le serviría para nada.

Aunque estas Navidades no estaban resultando grandiosas
para mí, me imagino que para el necesitado del Árbol de
Regalos las cosas serían todavía peores.

Decidí resignarme por lo que respecta a las
Navidades, y me fui a casa de Rowley.

Había olvidado comprarle un regalo a Rowley, así que le pegué un lazo al libro de L'il Cutie que me había regalado Rodrick.

Y parece que la cosa funcionó muy bien.

Los padres de Rowley tienen mucho dinero, así que siempre puedo esperar de ellos un buen regalo.

Sin embargo, Rowley dijo que este año había escogido personalmente mi regalo. Entonces me condujo afuera para enseñármelo.

Por la ilusión que mostraba, imaginé que se trataba de una tele con pantalla gigante, o una moto, o qué sé yo.

Pero una vez más... mi gozo en un pozo.

El regalo de Rowley era... ¡un triciclo! Podría haber sido un regalo estupendo si estuviéramos en la guardería, pero a mi edad no veo qué puedo hacer con algo así.

Rowley parecía tan entusiasmado que de todas maneras hice todo lo posible por parecer contento.

Volvimos dentro de la casa y Rowley me enseñó su botín de Navidad.

Tenía muchos más regalos que yo. Incluso le habían comprado <<El hechicero retorcido>>, así que al menos podría jugar con él cuando fuera a casa de Rowley. Al menos hasta que sus padres descubrieran cuánta violencia contiene.

Y puedo jurar que nunca he visto a nadie tan feliz como Rowley con su libro de L'il Cutie. Su madre dijo que era lo único de su lista de regalos que no le habían traído.

Bueno, es genial que al menos ALGUIEN haya tenido el regalo que quería.

Fin de año

Puede parecer extraño que esté aquí, encerrado en mi habitación, a las 9:00 del día de Fin de año. Pero puedo explicarlo.

Esta mañana, cuando Manny y yo jugábamos en el sótano, encontré una pelotilla de hilo negro en la alfombra y le dije a Manny que era una araña.

Entonces, la sujeté por encima de él, simulando que se la quería hacer tragar.

Justo cuando ya iba a dejar escapar a Manny, me dio un manotazo que me hizo soltar la pelotilla negra. Y el muy tonto fue y se la tragó de verdad.

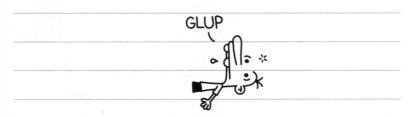

Entonces Manny pareció perder el juicio. Corrió escaleras arriba hasta donde estaba mamá y supe que me había metido en un lío.

Manny le dijo a mi madre que yo le había obligado a tragarse una araña. Yo le aclaré que no era una araña, sino una pelotilla de hilo negro.

Mamá sentó a Manny en la mesa de la cocina. Puso un guisante, una pasa y una uva en un plato y se lo mostró. Le preguntó cuál de las tres cosas era la más parecida en tamaño a la pelotilla de hilo que se había tragado.

Manny observó unos momentos lo que había en el plato.

Entonces se dirigió al refrigerador y sacó una naranja.

Ésta es la razón por la que me han mandado a la cama a las siete de la tarde y me han castigado sin ver el especial de Fin de año en la tele.

Y también es la razón de mi propósito para Año Nuevo: no volver a jugar con Manny nunca jamás.

Miércoles

Se me ha ocurrido una manera brillante de sacarle partido al triciclo que Rowley me regaló por Navidad. Me he inspirado en un videojuego en el que un chico se desliza cuesta abajo y otro lo intenta derribar con un balón de fútbol.

A Rowley le tocó ser el primero en dejarse caer cuesta abajo con el triciclo, mientras que yo hacía de lanzador.

Acertarle a un blanco en movimiento resulta bastante más difícil de lo que yo había pensado. Además, no tenía casi ningún entrenamiento. Después de cada bajada, Rowley tardaba unos diez minutos en volver a subir la cuesta empujando el triciclo.

Rowley insistió varias veces en cambiar los papeles y
que fuera yo quien me lanzara cuesta abajo montado
en el triciclo. Pero no estoy tan loco. Ese chisme baja
casi a 35 millas por hora y no tiene frenos.

De todas maneras, hoy no he conseguido derribar a
Rowley del triciclo. Supongo que tendré que practicar
un poco durante lo que queda de vacaciones.

Jueves
Hoy tenía la intención de volver a jugar con Rowley
y el triciclo, pero mamá dijo que antes de ir a
ninguna parte tenía que escribir mis tarjetas de
agradecimiento.

Pensaba que podría quitarme de encima el tema de las tarjetas en cosa de media hora, pero cuando me puse a escribirlas se me quedó la mente en blanco.

Y es que no resulta fácil escribir textos dándole las gracias a la gente por unos regalos que ni siquiera son lo que tú querías.

Empecé por los regalos que no eran ropa, porque creía que iban a ser los más fáciles. Después de dos o tres tarjetas, me di cuenta de que el truco estaba en repetir prácticamente lo mismo cada vez.

Así que escribí una plantilla de texto en la computadora, dejando espacios en blanco para personalizarla. Después de esto iba a despachar todas las tarjetas de un plumazo.

Querida tía Lydia,

Muchas gracias por la increíble enciclopedia.

¿Cómo supiste que era el regalo que quería para estas Navidades?

Me encanta cómo queda la enciclopedia en mi estantería.

Todos mis amigos me envidiarán por tener mi propia enciclopedia.

¡Gracias por hacer de esta Navidad la mejor de mi vida!

Atentamente, Greg

La idea funcionó bien para los dos o tres primeros regalos. Pero luego ya no tanto.

Querida tía Loretta,

Muchas gracias por el increíble pantalón.

¿Cómo supiste que era el regalo que quería para estas Navidades?

Me encanta cómo queda el pantalón en mis piernas.

Todos mis amigos me envidiarán por tener mi propio pantalón.

¡Gracias por hacer de esta Navidad la mejor de mi vida!

Atentamente, Greg

Al fin hoy he conseguido derribar a Rowley del triciclo,
aunque no ha sucedido como yo pensaba. Intentaba
acertarle en el hombro, pero fallé y el balón se fue
debajo de la rueda delantera del triciclo.

Rowley trató de frenar la caída extendiendo sus
brazos hacia delante, pero aterrizó de una manera
demasiado violenta sobre su mano izquierda. Creí que
se frotaría un poco y que luego se montaría otra vez
en el triciclo, pero no.

Intenté animarle. Sin embargo, las bromas que normalmente le hacen reír esta vez no le hacían efecto.

Es decir, que se había hecho daño en serio.

Lunes

Se han acabado las vacaciones de Navidad y han vuelto a
empezar las clases. Tengo que volver al tema del accidente
de Rowley. Se fracturó la mano y tiene que llevarla enye-
sada. Hoy todo el mundo se apiñaba a su alrededor, como
si fuera un héroe de guerra o algo así.

Intenté rentabilizar algo de la nueva popularidad de Rowley. Pero fracasé.

En el comedor, un grupo de chicas invitó a Rowley a sentarse en su mesa, para poder DARLE la comida.

Lo que más me saca de quicio es que Rowley es diestro, y es su mano izquierda la que se ha roto. Así que puede arreglárselas perfectamente para comer él solito.

Martes

Al ver que lo de la mano fracturada de Rowley tenía sus ventajas, decidí que había llegado la hora de tener mi propia herida.

Tomé algunas gasas prestadas del botiquín de casa y me vendé la mano, simulando que estaba lesionada.

No podía comprender por qué las chicas no se agol-paban a mi alrededor como habían hecho con Rowley. Hasta que me di cuenta de cuál era el problema.

Resulta que el yeso es un gran invento, porque a todo el mundo le gusta firmar o dibujar tonterías en él. Sin embargo, no es tan sencillo escribir con bolí-grafo sobre unas vendas.

Entonces, se me ocurrió una solución que pensé que podría funcionar.

Pero también resultó un fracaso. Mi vendaje apenas atrajo la atención de un par de personas. Por desgracia, no era la clase de gente que me interesaba.

<u>Lunes</u>

La semana pasada empezamos un nuevo trimestre en la escuela y ahora tengo varias asignaturas nuevas. Me he apuntado a una cosa que se llama tecnología.

Yo QUERÍA apuntarme a otra de las clases que se ofrecen en mi colegio, Economía doméstica 2, porque ya había demostrado ser bueno en Economía doméstica 1 el trimestre pasado.

Pero saber coser no te proporciona puntos de popularidad en el colegio.

En cualquier caso, esto de la tecnología es una asignatura experimental que se prueba por primera vez en nuestro colegio.

La idea es que se nos asigna un proyecto y tenemos que trabajar en equipo, sin que el maestro nos dirija durante todo el trimestre.

Una característica es que la nota final es la misma para todos los del grupo. Me he enterado de que Ricky Fisher también se ha apuntado, lo que puede ser un problema.

La gran contribución de Ricky a la humanidad es que, a cambio de 50 centavos, es capaz de despegar un chicle de debajo del pupitre y ponerse a masticarlo. Así que tampoco tengo demasiadas esperanzas de sacar una buena nota final.

Martes

Hoy nos han dicho sobre qué tenemos que hacer el proyecto de tecnología. Puede que suene increíble, pero tenemos que construir un robot.

Al principio todos parecíamos bastante alarmados, porque creíamos que había que hacer un robot de verdad, partiendo de cero.

Pero el señor Darnell nos explicó que no se trata de construir un robot físicamente. Tan sólo tenemos que ir aportando ideas sobre qué aspecto debería tener y qué cosas debería ser capaz de hacer.

Luego salió de la clase y nos dejó para que nos buscáramos la vida. Empezamos con un intercambio de ideas, para reunir las sugerencias de todos. Escribí varias de ellas en la pizarra.

El robot debería:
-hacer mis deberes
-lavar platos
-hacer el desayuno
-lavarme los dientes

Todo el mundo quedó impresionado con mis ideas. Pero era cuestión de lógica pura. Bastaba escribir las cosas que no te gusta hacer a ti.

Sin embargo, había un par de chicas en la parte delantera de la clase que tenían una visión muy distinta.

Borraron mi lista y dibujaron su propio proyecto. Querían un robot que te avisara de las citas y que en los dedos tuviera diez barras de labios de diferentes tonalidades.

A todos los chicos esto nos pareció lo más estúpido que habíamos oído nunca. Así que nos dividimos en dos grupos: chicos y chicas. Nosotros nos fuimos al otro lado de la clase, mientras que las chicas se quedaron charlando de sus cosas.

Ahora que nos habíamos reunido todos los trabajadores serios, nos pusimos manos a la obra. A alguien se le ocurrió que le pudieras decir al robot cómo te llamas para que siempre se dirigiera a ti por tu nombre.

Entonces alguien dijo que no deberíamos enseñarle palabrotas, porque se supone que un robot no dice ese tipo de cosas. Decidimos, pues, que había que confeccionar una lista con todas las palabras prohibidas que el robot no debería pronunciar.

Hicimos una lista muy completa con todas las palabrotas más comunes, y, cuando la acabamos, Ricky Fisher aportó otras veinte palabras que el resto de nosotros jamás había oído.

De este modo, Ricky resultó ser uno de los más valiosos colaboradores del proyecto.

Justo antes de que sonara la campana del recreo, el señor Darnell regresó a la clase para controlar nuestros avances con el proyecto. Tomó la hoja de papel que estábamos escribiendo y se puso a leerla.

Para abreviar esta historia: la asignatura de tecnología ha sido cancelada para lo que queda de curso.

Bueno, como mínimo para los chicos. Si en el futuro los robots llevan barras de labios de color cereza en los dedos, al menos el mundo entero sabrá de quién fue la culpa.

Jueves
Hoy se ha reunido todo el colegio y nos han puesto la película «Es estupendo ser uno mismo», como todos los años.

El argumento de la película viene a decir que está bien ser como eres y no tienes por qué cambiar.

Para ser sincero, me parece un mensaje estúpido para transmitir a los chicos, en especial a algunos.

Más tarde, anunciaron que se está formando la brigada de voluntarios y eso me hizo reflexionar.

Si alguien se mete con un voluntario de la brigada, se la carga. Vamos, que se le cae el pelo. Según lo veo yo, esto me proporcionaría un mayor grado de protección.

Además, me da la sensación de que estar en un puesto de autoridad puede beneficiarme.

Bajé al despacho del señor Winsky. Me apunté como voluntario y convencí a Rowley para que hiciera lo mismo. Creí que el señor Winsky nos pondría a hacer flexiones y otros ejercicios por el estilo para demostrar que estábamos en forma para el puesto, pero nos entregó nuestras insignias y el resto del equipo sin más trámites.

El señor Winsky dijo que esta brigada tenía una misión especial. Nuestro colegio se encuentra justo enfrente de la escuela de primaria, que funciona sólo hasta el mediodía. Quiere que acompañemos hasta su casa a los pequeños cuando salgan. Me di cuenta de que íbamos a perdernos veinte minutos de la clase de matemáticas. Rowley también se lo debió de imaginar, porque empezó a decir algo. Pero le aticé un buen pellizco por debajo de la mesa y conseguí que se callara a tiempo.

PERO ENTONCES NOS PERDERÍAMOS...

¡BIEEEN!

Tanta suerte me parecía increíble. Estaba consiguiendo protección contra los matones y permiso para faltar a la mitad de la clase de mates, y todo eso sin tener que mover ni un dedo.

<u>Martes</u>

Hoy ha sido nuestro primer día en la brigada de voluntarios. Rowley y yo no tenemos un puesto fijo en el cruce
de una calle, como el resto de los voluntarios, así que no
tenemos que permanecer de pie pasando frío desde una
hora antes de empezar las clases.

Eso no nos impidió disfrutar de la taza de chocolate gratis
que dan en la cafetería a todos los voluntarios antes de
empezar la faena.

Otra gran ventaja es que podemos llegar diez minutos tarde a
la primera clase.

Ya lo decía, es fantástico esto de apuntarse a la brigada de voluntarios.

Al mediodía, Rowley y yo salimos del colegio y acompañamos a su casa a los pequeños del jardín de infancia. Tardamos cuarenta y cinco minutos para hacer el trayecto, de manera que cuando regresamos sólo quedaban veinte minutos de la clase de matemáticas.

No fue un trabajo especialmente duro ir con los párvulos. Sin embargo, uno de los pequeños empezó a oler un poco raro. Me parece que tuvo un accidente.

El enano trató de informarme de la situación, pero yo me limité a mirar hacia delante y seguir caminando. Nos habíamos apuntado para llevar a casa a los pequeños, no para cambiarles los pañales.

TUF
TUF

Miércoles

Hoy ha nevado por primera vez en lo que va de invierno y se han suspendido las clases. Íbamos a tener un examen de álgebra y yo ando bastante flojo en la materia desde que me hice voluntario. Así que estoy encantado.

Llamé a Rowley para que viniera. Hace ya dos años que él y yo tenemos intención de construir el muñeco de nieve más grande del mundo.

Y cuando digo el muñeco de nieve más grande del mundo, no bromeo. Queremos salir en el Libro Guinness de los Récords.

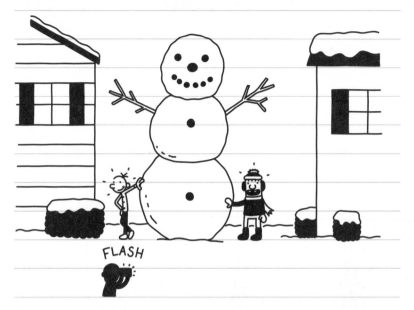

FLASH

Siempre que nos hemos propuesto en serio conseguir el récord, la nieve se ha derretido y se nos ha escapado nuestra oportunidad. Por eso, este año quería ponerme inmediatamente manos a la obra.

En cuanto llegó Rowley, empezamos a hacer rodar una bola de nieve para que fuera la base del muñeco. Calculé que la base debería tener cinco metros de altura, si queríamos estar seguros de conseguir el récord. Pero la bola iba haciéndose más pesada y resultaba cada vez más difícil hacerla rodar, de manera que teníamos que parar a descansar cada poco rato para recuperar el aliento.

Durante uno de los descansos, mamá salió para ir a comprar al supermercado y nuestra bola de nieve le impedía sacar el coche, así que tuvimos un poco de ayuda extra por su parte.

Después de descansar, Rowley y yo continuamos empujando la bola hasta que ya no fuimos capaces de moverla más. Y cuando miramos detrás de nosotros, vimos un panorama desastroso.

Resulta que la bola, al hacerse grande y pesada, había destroza-
do todo el césped que papá estuvo sembrando este otoño.

Tenía la esperanza de que la nieve cuajara unas cuantas
pulgadas más ocultando así nuestro rastro, pero justo
entonces dejó de nevar.

Nuestro proyecto de construir el muñeco de nieve más
grande del mundo estaba a punto de fracasar por
momentos. Entonces se me ocurrió una idea para que
nuestra bola sirviera al menos para algo.

Siempre que nieva, los chicos de la calle Whirley vienen a nuestra cuesta para tirarse en trineo, y eso que no es su barrio.

Así que mañana por la mañana, cuando los de la calle Whirley estén subiendo la cuesta, Rowley y yo vamos a darles una buena lección.

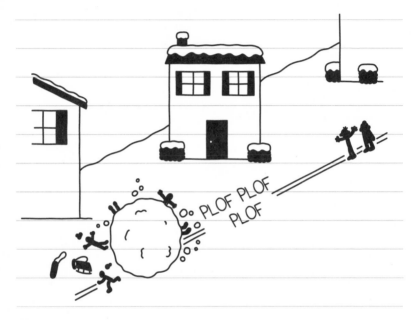

PLOF PLOF PLOF

<u>Jueves</u>

Al levantarme esta mañana, la nieve ya estaba empezando a derretirse. Llamé a Rowley y le dije que se diera prisa en venir a casa.

Mientras esperaba a que llegara, observé cómo Manny intentaba hacer un muñeco de nieve con los minúsculos trocitos que se habían desprendido de nuestra enorme bola.

Resultaba patético.

La verdad es que no pude evitar hacer lo que hice.
Por desgracia para mí, justo en ese momento, papá
miraba por la ventana.

Papá YA estaba enfadado conmigo por destrozar el césped y yo sabía que me iba a caer una buena . Oí abrirse la puerta del garaje y vi a mi padre con una pala. Pensé que iba a tener que salir corriendo para que no me atizara con ella.

Pero no vino hacia mí, sino que fue directamente hacia la bola de nieve. En menos de un minuto, convirtió en miguitas todo nuestro trabajo del día anterior.

Rowley llegó unos minutos después. Seguro que se iba a llevar una sorpresa cuando viera lo sucedido.

El caso es que yo sabía que Rowley estaba ilusionado de verdad con la idea de hacer rodar la bola de nieve cuesta abajo. Pero resulta que no estaba furioso por lo que PAPÁ había hecho, sino que estaba enfadado CONMIGO.

Le dije que se estaba portando como un bebé y entonces nos liamos a empujones. Cuando parecía que íbamos a empezar a sacudirnos de verdad, fuimos atacados por sorpresa desde la calle.

Se trataba de un ataque sorpresa de los chicos de la calle Whirley.

Si mi maestra de lengua, la señora Levine, hubiera estado allí, seguro que habría dicho que todo resultaba muy «irónico».

Miércoles

Hoy han anunciado una vacante para el puesto de ilustrador en el periódico del colegio. Sólo tiene una tira cómica y hasta ahora el puesto lo tenía monopolizado un tal Bryan Little.

Bryan publicaba su tira de viñetas titulada «El chucho alocado», que al principio era muy divertida.

Pero después Bryan empezó a utilizar la tira cómica para resolver sus asuntos personales. Tengo la sensación de que éste fue el motivo de que lo sacaran.

El chucho alocado   Bryan Little

Tan pronto como me enteré del asunto, supe que tenía que intentarlo. «El chucho alocado» convirtió a Bryan Little en una celebridad en el colegio y yo ansiaba ser igual de famoso.

Ya había probado el sabor de la popularidad en el colegio cuando gané aquella mención honorífica en la campaña contra el tabaco.

Todo lo que hice fue calcar un dibujo de una revista heavy metal de Rodrick. Tuve suerte y nadie se dio cuenta.

El chico que ganó el primer premio se llamaba Chris Carney. Lo que me saca de quicio es que Chris se fuma al menos un paquete de cigarrillos al día.

Jueves

Rowley y yo decidimos unirnos para crear una tira cómica entre los dos. Así que hoy, después de clase, fuimos a mi casa y nos pusimos a trabajar.

Desarrollamos en un plis-plas un puñado de personajes. Pero ésa era la parte fácil. Cuando intentamos inventar varios chistes fue como darnos de narices contra un muro.

Al final, se me ocurrió una buena solución.

La idea era hacer una tira que siempre terminara con la frase «¡Gajes del oficio!».

Así no teníamos que rompernos la cabeza pensando en chistes ingeniosos y podíamos concentrarnos en los dibujos.

Para las dos primeras tiras, yo me encargué de
escribir el texto y también de dibujar a los personajes.
Rowley trazó las viñetas alrededor de los dibujos.

Rowley empezó a quejarse de que no le dejaba hacer
nada, así que le permití escribir los textos de algunas tiras.

Pero, para ser sincero, la calidad de nuestro trabajo sufrió un bajón cuando Rowley empezó a hacer de guionista.

En un momento dado, me harté de los ¡Gajes del oficio! y le dejé a Rowley que lo hiciera él.

Y aunque resulte difícil creerlo, Rowley como dibujante era todavía peor que escribiendo los textos.

Le dije a Rowley que lo mejor era probar con algunas ideas nuevas, pero él quería seguir con los ¡Gajes del oficio! Así que recogió sus dibujos y se fue a casa, cosa que me pareció bien. De todas maneras, no me gustaba la idea de asociarme con alguien que dibujaba a los personajes sin narices.

Viernes

Después de que Rowley se marchara ayer, pude trabajar a gusto en varias tiras cómicas. Me inventé un personaje llamado Creighton el Necio, que me salió muy bien.

CREIGHTON EL NECIO   Greg Heffley

Estaba inspirado y me parece que hice más de
veinte tiras.

Lo mejor de las tiras cómicas de Creighton el Necio es que
con tanto idiota en el colegio, NUNCA me va a faltar
material.

Cuando llegué hoy, llevé mis tiras cómicas al despacho del señor Ira, que es el maestro que se encarga de dirigir el periódico.

El problema fue que, al ir a entregarlas, vi que había un montón de ilustraciones de otros chicos que también aspiraban al puesto.

La mayoría eran muy malas, así que la competencia no me preocupó demasiado.

Una de las tiras se titulaba «Los maestros atontados» y su autor era un chico llamado Bill Tritt.

Bill siempre está castigado, así que supongo que se la tiene jurada a todos los maestros del colegio, incluido el señor Ira.

Por lo tanto, tampoco creo que la tira cómica de Bill tenga muchas posibilidades.

Lo cierto es que había un par de tiras cómicas bastante buenas en el montón. Pero las escondí, debajo de todo, en la bandeja de asuntos pendientes que tenía el señor Ira en su mesa.

Con un poco de suerte, no van a salir por lo menos hasta que yo haya llegado al bachillerato.

Jueves

Hoy, durante los anuncios de la mañana, al fin dieron la noticia que tanto esperaba.

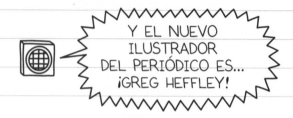

Cuando el periódico salió a la hora del almuerzo, todo el mundo lo estaba leyendo.

Me moría de ganas de coger un ejemplar para ver mi nombre en letras de imprenta, pero preferí esperar todavía un rato.

Me senté en un extremo de la mesa, de modo que pudiera tener espacio suficiente para firmar autógrafos a mis nuevos admiradores. Pero nadie venía a felicitarme por mis viñetas magistrales, y empecé a sospechar que algo no iba bien.

Cogí un ejemplar del periódico y me fui al cuarto de baño para examinarlo a solas. Cuando vi mi tira cómica, casi me da un infarto.

El señor Ira me dijo que había «editado un poco» mi trabajo y yo había pensado que se refería a erratas, faltas de ortografía y cosas así. Pero es que había hecho una carnicería.

Además, la tira que había echado a perder era una de mis favoritas. En el original, Creighton el Necio está haciendo un examen de matemáticas, y se lo traga accidentalmente. Entonces el maestro le echa una buena bronca por idiota.

Pero tras pasar por las manos del señor Ira, mi tira cómica estaba tan cambiada que no parecía la misma.

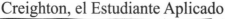

Creighton, el Estudiante Aplicado

Gregory Heffley

Profesor, si x + 43 = 89
¿Cuál sería el valor de x?

Creighton, ¡x sería igual a 46!

Gracias. Chicos, si quieren aprender más matemáticas, acudan al despacho del señor Humphrey en horas de visita. ¡También pueden ir a la biblioteca y consultar la sección de ciencias y matemáticas recién ampliada!

Tengo claro que no voy a firmar autógrafos ahora ni nunca.

¡TONTO!

PAFF

Miércoles

Hoy, cuando Rowley y yo estábamos en la cafetería disfrutando de nuestra taza de chocolate caliente con los demás voluntarios, sonó un aviso por los altavoces.

Rowley se fue a ver al señor Winsky a su despacho. Cuando regresó un cuarto de hora más tarde, parecía bastante alterado.

Al parecer, una madre había llamado al señor Winsky diciendo que había visto cómo Rowley estaba «aterrorizando» a los pequeños, cuando se suponía que los estaba acompañando de casa al colegio. Y el señor Winsky estaba furioso.

El señor Winsky le echó la bronca a Rowley durante diez minutos y le dijo que, con su actitud, <<había deshonrado la insignia de voluntario>>.

Me parece que conozco los verdaderos motivos de la reprimenda. La semana pasada, Rowley tenía un examen durante la cuarta clase y fui yo solo a acompañar a los pequeños.

Como esa mañana había llovido, había muchas lombrices en la acera. Entonces decidí divertirme un rato con los pequeños.

Pero una señora del barrio vio lo que hacía y me gritó desde el porche de su casa.

Era la señora Irvine, que es muy amiga de la madre de Rowley. Debió confundirme con Rowley, porque me había prestado su abrigo. Tampoco era plan pararse a darle explicaciones.

Me había olvidado totalmente del asunto hasta hoy.

En cualquier caso, el señor Winsky le dijo a Rowley que mañana iba a tener que pedir disculpas a los pequeños y que además quedaba suspendido como voluntario durante una semana.

Era consciente de que debía explicarle al señor Winsky que era yo quien perseguía a los chicos con las lombrices. Pero todavía no me encontraba mentalizado para aclarar la situación. Sabía que, si confesaba, me iba a quedar sin la taza de chocolate de los voluntarios. Y eso es básicamente lo que me ha hecho mantener el pico cerrado.

Esta noche, durante la cena, mamá me notó preocupado. Así que cuando más tarde subí a mi habitación, ella vino detrás para hablar conmigo.

Le dije que me encontraba en una situación difícil y que no sabía qué hacer.

Reconozco que mamá supo llevar muy bien el asunto. No trató de entrometerse ni de averiguar los detalles. Tan sólo me dijo que intentara «hacer lo correcto», porque son las decisiones que tomamos las que nos definen como las personas que somos.

La verdad es que es un consejo magnífico. Pero sigo sin estar seguro de lo que voy a hacer mañana.

Jueves
Bueno, después de pasarme la noche pensándomelo y dándole vueltas y más vueltas, llegué a una conclusión. Decidí que, por esta vez, Rowley pagara el pato en nombre de nuestra amistad.

Al volver del colegio, me sinceré con Rowley y le conté la verdad de lo ocurrido. Vamos, que era yo quien había perseguido a los chicos con las lombrices.

Le dije a Rowley que tanto él como yo podíamos aprender mucho de lo sucedido. Le dije que, por mi parte,
ahora ya sabía que debo tener más cuidado con lo que
haga delante de la casa de la señora Irvine, y que él
también debía tomar nota de algo: andarse con ojo a la
hora de prestar su abrigo a alguien.

Para qué engañarse, mi acertado análisis no pareció
convencer demasiado a Rowley.

Después del colegio siempre solemos juntarnos, pero
aquella tarde Rowley dijo que se iba a su casa a echar
una siesta.

No lo culpé porque si yo no hubiera tomado mi taza
de chocolate aquella mañana, también me habría hecho
falta un descanso.

Cuando llegué a casa, mamá me estaba esperando en la entrada.

Entonces me llevó a tomar un helado como premio. Así que este episodio me ha enseñado también que, de cuando en cuando, no es mala idea hacer caso de los consejos maternos.

<u>Martes</u>

Hoy ha sonado otro aviso por los altavoces. Y para ser sincero, reconozco que tampoco me ha sorprendido tanto.

Y es que, en el fondo, sabía que era cuestión de tiempo que me cazaran por lo de la semana pasada.

Cuando he ido al despacho del señor Winsky, éste estaba enfadado de verdad. Me ha dicho que «una fuente anónima» le ha informado de que yo fui el culpable de la persecución con las lombrices.

Me ha declarado suspendido de la brigada de voluntarios, con «efecto inmediato».

La verdad es que no hace falta contratar a un detective para saber que la fuente anónima ha sido el mismo Rowley.

Aun así, me cuesta trabajo creer que Rowley haya podido traicionarme de esta manera. Mientras estaba recibiendo el broncazo del señor Winsky, pensaba en que tenía que explicarle a mi amigo alguna que otra cosa sobre la lealtad.

Hoy mismo han restituido a Rowley en su puesto de voluntario. Y no sólo eso: LO HAN ASCENDIDO. Según el señor Winsky, Rowley ha sido «capaz de mantener la dignidad bajo una acusación injusta».

Había pensado mandar a Rowley a paseo por la que me ha jugado, pero luego me he dado cuenta de una cosa.

En junio invitan a todos los jefes de la brigada de voluntarios a un viaje que será genial, y les dejan llevar con ellos a un amigo. Tengo que asegurarme de que Rowley sepa que ése soy yo.

Martes

Como ya he comentado, lo peor de que te expulsen de la brigada de voluntarios es que pierdes el privilegio de la taza de chocolate caliente por las mañanas.

Todos los días, me acerco a la puerta trasera de la cafetería, a ver si Rowley tiene un detalle.

Pero o Rowley se ha vuelto sordo, o es que se encuentra demasiado ocupado lamiéndole las botas a los otros jefes de la brigada como para darse cuenta de que estoy ahí.

De hecho, ahora que lo pienso, Rowley me ha estado dando la espalda últimamente. Y esto es lo que no me encaja, porque si no recuerdo mal ha sido ÉL quien ME la ha jugado a MÍ.

A pesar de que Rowley se ha portado conmigo de forma muy desconsiderada en los últimos tiempos, hoy he intentado «romper el hielo» con él. Pero ni siquiera ESTO ha surtido efecto.

<u>Viernes</u>

Desde el asunto de las lombrices, Rowley se ha estado juntando con Collin Lee todos los días después de clase. Lo que más me fastidia es que se supone que Collin es MI amigo de repuesto.

Lo de estos dos se está volviendo verdaderamente ridículo. Hoy, Collin y Rowley iban uniformados con el mismo par de camisetas. Es que daban ganas de vomitar.

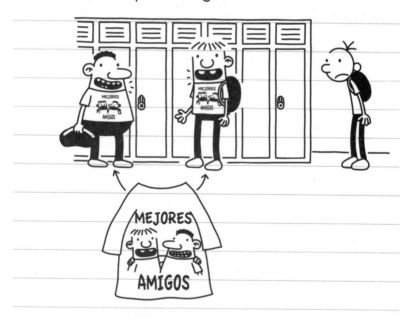

Ayer, a última hora, vi que Rowley y Collin subían la cuesta juntos.

Collin llevaba su bolsa de viaje. Estaba claro que Rowley lo había invitado a dormir a su casa.

Y pensé que todos podíamos jugar a ese juego. La mejor manera de recuperar a Rowley era hacerme con un nuevo amigo de mi propiedad. Pero, por desgracia, la única persona que me vino a la cabeza en ese momento fue Fregley.

Me dirigí a casa de Fregley con mi bolsa de viaje, de modo que Rowley se diera cuenta de que yo también tenía otras posibilidades.

Cuando llegué, Fregley estaba en la parte delantera agujereando una cometa con un palo. Eso me hizo pensar que quizá no había sido tan buena idea presentarme allí.

El caso es que Fregley ya me había visto, así que no había posibilidad de volverse atrás.

Me invité a mí mismo a dormir en su casa. Su madre estaba encantada de ver que Fregley tenía <<compañero de juegos>>, definición que a mí no me entusiasmó demasiado.

Fregley y yo subimos a su habitación y quería que jugásemos al Twister, pero yo procuraba mantenerme a distancia todo el tiempo.

Pensé que lo mejor era renunciar a esta idea estúpida y volverme a casa. Pero cada vez que miraba por la ventana, ahí estaban Collin y Rowley, en el jardín de la casa de enfrente.

No quería marcharme, al menos hasta que esos dos entraran en casa. Pero la situación con Fregley se empezó a descontrolar demasiado rápido. Mientras miraba por la ventana, Fregley había abierto mi bolsa y se había comido mi paquete de caramelos.

Resulta que Fregley es uno de esos chicos que no pueden tomar nada que tenga azúcar. Dos minutos más tarde, estaba dando botes como si estuviera poseído.

Empezó a actuar como un psicópata, persiguiéndome por todo el dormitorio.

Supuse que quizá esto le haría bajar el nivel de azúcar, pero qué va. Así que me encerré en el cuarto de baño, hasta que se le pasara.

A eso de las 11:30, todo parecía estar tranquilo. Entonces Fregley deslizó una hoja de papel por debajo de la puerta.

Recogí la hoja y leí el siguiente mensaje:

Querido Gregory,

Siento muchísimo haberte perseguido con un moco en los dedos. Lo pongo aquí, en este papel, para que veas que ya puedes salir sin problemas.

→

Es lo último que recuerdo, antes de quedarme frito del todo allí mismo.

Cuando desperté, habían pasado algunas horas. Quité el pestillo de la puerta, me asomé y escuché los ronquidos de Fregley, procedentes de su dormitorio. Aproveché para salir corriendo de allí.

A mis padres no les hizo ninguna gracia que los sacara de la cama a las dos de la madrugada. Pero a esas alturas, ya me traía todo sin cuidado.

<u>Lunes</u>

Bueno, pues Rowley y yo ya llevamos peleados cosa de un mes y la verdad es que estoy mucho mejor sin él.

Me encanta poder hacer todo lo que me apetezca, sin tener que cargar con él a todas partes.

Últimamente, me ha dado por colarme en la habitación de Rodrick y husmear en sus cosas. El otro día encontré un anuario de cuando estaba en la escuela intermedia.

Rodrick había hecho anotaciones en todas las fotos, de manera que podías saber lo que pensaba de cada uno de sus compañeros de curso.

De cuando en cuando me encuentro por ahí a los antiguos compañeros de Rodrick. Tengo que agradecerle a mi hermano que, cuando tengo que ir a la iglesia, todo me resulte mucho más entretenido.

Pero lo más interesante del anuario de Rodrick es la sección de los Favoritos del Curso.

Es donde ponen las fotos de los que salieron votados como el Más Simpático, el de Mayor Talento, y cosas así.

Rodrick también hizo alguna anotación en esta sección.

MÁS
POSIBILIDADES DE TRIUNFAR

Bill Watson   Kathy Nguyen

Esto de los Favoritos del Curso me está dando qué pensar.

Si consigues que te voten entre los Favoritos del Curso, prácticamente quedas inmortalizado. Incluso si no vives lo suficiente para llegar a ser aquello para lo que te votaron, no importa, porque de todas maneras ahí queda escrito para siempre.

La gente todavía se piensa que Bill Watson es alguien especial, aunque resulta que luego no llegó a terminar el bachillerato.

De vez en cuando, todavía nos lo encontramos en la tienda de comestibles.

Así que se me ocurre lo siguiente: este curso ha sido bastante lamentable, pero si salgo votado entre los Favoritos del Curso, todavía se pueden enderezar las cosas.

He estado tratando de decidir qué es lo que me gustaría ser. Descartado que me voten como el Más Popular o el Más Atlético, tendrá que ser algo más a mi alcance.

Había pensado que si el resto del curso voy vestido con buena ropa podrían elegirme el Más Elegante.

Pero eso significa que tendría que hacerme la foto con Jenna Stewart, que siempre se viste como si fuera una monja.

Miércoles

Estaba anoche en la cama cuando se me ocurrió de pronto: podría ser el Más Divertido del curso.

No es que yo esté considerado uno de los graciosos del colegio, ni nada parecido. Pero si encuentro alguna forma de gastarle una broma a alguien antes de que se celebren las votaciones, tal vez podría conseguirlo.

<u>Jueves</u>

Hoy me preguntaba cómo podría colocar una
chincheta en la silla del señor Worth durante la clase
de historia, cuando dijo una cosa que hizo que recon-
siderara mi plan.

El señor Worth nos informó de que mañana tenía una
cita con el dentista, así que vendría un sustituto a
darnos clase. Es estupendo tener maestros sustitutos,
porque puedes decirles de todo y nunca te ocurre nada.

Hoy me presenté en clase de historia, listo para llevar a cabo mi plan. Pero cuando entré por la puerta no me podía creer quién era el maestro sustituto...

De todos los maestros sustitutos posibles en el mundo, tenía que ser mi madre. Creía que los días en que estaba relacionada con la gestión del colegio eran cosa del pasado.

Hubo un tiempo en que era de esos padres que solían venir a ayudar cuando hacía falta. Pero eso cambió aquel día que hizo de voluntaria para acompañarnos a visitar el zoológico, cuando estábamos en tercero.

Mamá había preparado todo tipo de material para ayudarnos a conocer mejor cada una de las especies. Pero a nosotros sólo nos interesaba ver cómo esos animales hacían sus necesidades.

El caso es que mamá echó a perder mi plan para ser el Más Divertido del curso. Por suerte, no hay una categoría para El Niño de Mamá, porque después de lo de hoy habría ganado sin discusión.

<u>Miércoles</u>

Hoy ha vuelto a salir el periódico del colegio. Desde que dimití como ilustrador por lo de Creighton el Estudiante Aplicado, la verdad es que no me importaba quién fuera a sustituirme en el puesto.

Pero resulta que durante el almuerzo todo el mundo se estaba riendo con la página cómica, así que tomé un ejemplar para ver qué tenía de gracioso. Cuando lo vi, no lo podía creer.

Era la tira de «Gajes del oficio». Y por supuesto, el señor Ira no había cambiado NADA del trabajo de Rowley.

Gajes del oficio   Rowley Jefferson

¡Hola, guapísima! ¿Quieres salir conmigo?

¡No soy una chica guapísima, sino un perro con pelo largo! ¡Y, además, no quiero salir contigo!

¡GAJES DEL OFICIO!

Resulta que Rowley recibía toda la popularidad que se supone que tenía que ser mía.

Incluso los maestros le siguen el rollo a Rowley. Casi vomito el almuerzo cuando esta mañana se le cayó la tiza al señor Worth durante la clase de historia.

La tira cómica «Gajes del oficio» me trae por la calle de la amargura. Rowley se está llevando todos los méritos de unas viñetas que creamos los dos en equipo. Consideré que al menos debería citar mi nombre como coautor.

Así que, después de clase, fui a buscarle y le pregunté qué pensaba hacer al respecto. Pero Rowley dijo que «Gajes del oficio» había sido una idea totalmente SUYA y que yo no había tenido nada que ver.

Supongo que discutíamos en voz muy alta, porque a nuestro alrededor se fue congregando un montón de gente.

A los chicos del colegio SIEMPRE les gusta ver
una pelea. Rowley y yo intentamos quitarnos de en
medio, pero no estaban dispuestos a dejarnos marchar sin ver cómo nos liábamos a golpes.

Nunca me había peleado de verdad y no sabía
cómo ponerme con los puños en guardia, ni nada de
eso. Tampoco Rowley parecía tener mucha idea,
porque se puso a hacer movimientos extraños, como
si fuera un duende.

Yo estaba bastante seguro de poder vencer a Rowley
en una pelea, pero me ponía nervioso la idea de que él
hubiera empezado a ir a clases de kárate. No sé qué
extrañas técnicas le enseñarían en esas clases, pero lo
último que necesitaba ahora era que Rowley me tumbara
sobre el asfalto.

Sin embargo, antes de que la sangre llegara al río, se escuchó un chirrido de frenos en el aparcamiento del colegio. Una camioneta se había parado y de ella se bajaba un grupo de chicos bastante mayores.

Fue un alivio que todos apartaran la atención de nosotros dos. Claro que también salieron corriendo cuando aquellos tipos empezaron a andar hacia nosotros.

Entonces me pareció que aquellos tipos me resultaban terriblemente familiares.

Y caí en la cuenta. Eran los mismos grandullones que nos habían estado persiguiendo a Rowley y a mí la noche de Halloween. Al fin nos habían atrapado.

Antes de que pudiéramos huir, nos sujetaron con los brazos pegados a la espalda.

Estaban dispuestos a darnos una buena lección por habernos burlado de ellos en Halloween, y empezaron a discutir entre ellos sobre qué podían hacernos.

La verdad es que había otra cosa que me había llamado la atención. Resulta que la maldita rebanada de queso estaba sobre la pista, a muy pocos metros de nosotros. Y tenía un aspecto más asqueroso que nunca.

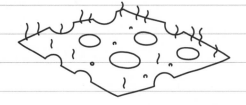

Uno de los mayores debió de darse cuenta, porque miró en la misma dirección. Parece que el queso le inspiró una idea.

A Rowley le tocó primero. Aquel tipo lo arrastró hacia el queso.

A partir de aquí, no voy a entrar en detalles sobre lo que sucedió. Porque si alguna vez Rowley se presenta para presidente y alguien se entera de lo que le obligaron a hacer, no saldría elegido.

Así que lo diré de esta manera: hicieron que Rowley se ------- la rebanada de queso.

Estaba claro que a mí también pensaban obligarme a hacer lo mismo. Me invadió una oleada de pánico, porque sabía que no había manera de escapar de aquella terrible situación.

Entonces empecé a hablar muy deprisa.

Y por increíble que parezca, funcionó.

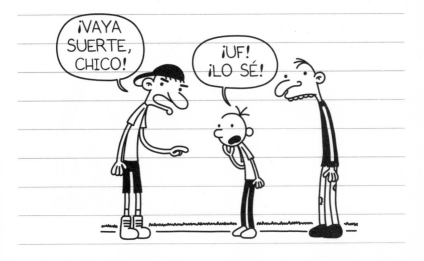

Supongo que aquellos tipos se quedaron satisfechos, porque después de hacer que Rowley se tragara lo que quedaba del queso, nos dejaron marchar.

Rowley y yo regresamos juntos a casa. Por el camino, ninguno de los dos dijo ni una palabra.

Pensé decirle a Rowley que podía haber utilizado con esa gente alguna de sus técnicas de kárate, pero por alguna razón decidí que era mejor cerrar la boca.

Martes

Como cada día después de almorzar, los maestros
nos permitieron salir al recreo.

En cosa de cinco segundos, alguien se dio cuenta de
que el queso maldito ya no estaba allí.

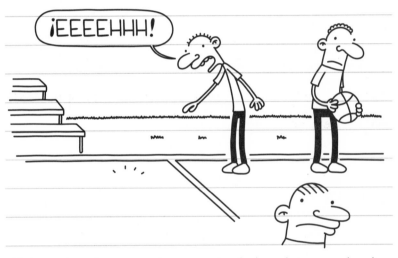

Todo el mundo se apelotonó alrededor del sitio donde
siempre había estado la rebanada de queso maldito.
Nadie podía adivinar por qué había desaparecido.

La gente empezó a elaborar teorías al respecto.
Alguien aventuró que tal vez le habían crecido patas
y había salido corriendo.

Tuve que recurrir a todo mi autocontrol para mantener la boca cerrada. Si Rowley no hubiese estado allí,
no sé si hubiera sido capaz de callarme.

Dos de los chicos que se preguntaban qué había sucedido con el queso eran los mismos que ayer por la
tarde querían que Rowley y yo nos peleásemos. Es
decir, que no iban a tardar en sumar dos y dos y
deducir que quizá tuvieramos algo que ver con el asunto.

Parecía que Rowley estaba a punto de desmayarse.
Tampoco lo culpo. Si se llegaba a saber la verdad
acerca de lo ocurrido con el queso, Rowley estaría
acabado. Iba a tener que cambiarse de ciudad, tal
vez incluso de país.

Entonces decidí hablar.

Les dije a todos que sabía lo que había pasado con el queso. Les dije que estaba harto de verlo siempre ahí tirado y que, por fin, se me ocurrió deshacerme del queso de una vez por todas.

Durante unos segundos, se produjo un silencio helado. Creí que todo el mundo iba a agradecérmelo. Pero no fue así.

Tal vez hubiera debido contarlo de otra manera. Porque, claro, si yo había tirado el queso a la basura ¿qué podía significar eso? Pues que yo tenía la Maldición.

<u>Viernes</u>

En fin. Si Rowley me está agradecido por lo que hice por él la semana pasada, no me ha dicho nada. Pero hemos vuelto a ir juntos a la salida de clase. Supongo que eso significa que las cosas entre nosotros han vuelto a la normalidad.

A decir verdad, contraer la Maldición del Queso no ha resultado tan terrible.

Me liberó de hacer la tabla de gimnasia artística en educación física, porque nadie quiso hacer de pareja conmigo. Y aquellos últimos días tenía la mesa a la hora del almuerzo para mí solo.

Hoy ha sido el último día de clase y han repartido el anuario de este curso.

He buscado con la página de Favoritos del Curso. Aquí está la foto a la que yo aspiraba:

EL MÁS DIVERTIDO

Rowley Jefferson

Sólo puedo decir que si alguien quiere un ejemplar del anuario de este curso, puede encontrarlo en la papelera de la cafetería.

Bueno, por lo que a mí respecta, Rowley se puede quedar con el nombramiento del Más Divertido. Pero si alguna vez se pone demasiado impertinente conmigo, sólo tendré que recordarle que fue él quien se comió la rebanada de -----.

AGRADECIMIENTOS

De toda la gente que ha contribuido a la publicación de este libro, quiero expresar mi agradecimiento especialmente a cuatro personas:

Charlie Kochman, el editor de Abrams, que se ha volcado con *Diario de Greg* mucho más de lo que cabía esperar. Ha sido una suerte enorme tener a Charlie como editor.

Jess Brallier, que capta la fuerza y el potencial de la publicación *online*, y ha ayudado de manera decisiva a que Greg Heffley fuera conocido por el gran público. Gracias en particular por tu amistad y tu asesoramiento.

Patrick, que fue un instrumento de sondeo para mejorar el libro y que no se privó de avisarme cuando algún chiste era demasiado corriente.

Mi esposa, Julie, sin cuyo increíble respaldo este libro no hubiera podido materializarse.

SOBRE EL AUTOR

Jeff Kinney es un autor #1 en ventas de *The New York Times* y ha ganado en cinco ocasiones el premio Nickelodeon Kid's Choice del Libro Favorito. Jeff está considerado una de las 100 personas más influyentes del mundo, según la revista *Time*. Es el creador de Poptropica, que es una de las cincuenta mejores páginas web según *Time*. Pasó su infancia en Washington D. C. y se trasladó a Nueva Inglaterra en 1995. Hoy, Jeff vive con su esposa y sus dos hijos en Massachusetts, donde tienen una librería, An Unlikely Story.